メディアワークス文庫

Missing4
首くくりの物語〈下〉

甲田学人

JN073561

目　次

いつだったかの事。

＊

山梨とり

むかし、あるところに、お母さんと三人の兄弟がありました。

お母さんは病気が悪く、ある日「山梨がくいたい」と言いました。

一番目の太郎が、梨をとりに山に出かけました。

山に入ると岩の上に一人の婆さまがいて、どこへ行くのかとたずねました。

「梨をもぎに行くのだ」

と太郎が言うと、

「ならば三本の枝道に、笹が三本たっている。その言うことをよく聞いて行け」

と婆さまは言いました。

太郎が先に行くと、三本の枝道があり、そこに三本の笹がたっていて、「行けっちゃがさがさ」「行くなっちゃがさがさ」と鳴っていました。

太郎は婆さまの言うことなどすっかり忘れて、笹の言うことなど聞かず、「行くなっちゃがさがさ」と鳴っている道をすすんで行きました。しばらく行くと大きな沼に出て、ほとりの木に山梨がたくさんなっていました。

太郎が木に登って梨を取ろうとすると、太郎の影が沼の水にうつりました。するとたちまち沼から沼の主があらわれて、太郎をげろりと呑み込んでしまいました。

いくらまってても上の太郎が帰ってこないので、こんどは二郎が山に出かけました。

二郎も婆さまの言うことを聞かないで、笹が「行くなっちゃがさがさ」と鳴っている道をすすみました。

沼に出ると、ほとりに山梨がたくさんなっています。二郎が梨を取ろうと木に登ると、沼の水に二郎の影がうつって、たちまち沼の主があらわれて、二郎をげろりと呑み込んでしまいました。

二郎が帰ってこないので、三番目の三郎が山に出かけました。

三郎は利口な生まれつきでした。

山に入ると岩の上に婆さまがいて、どこに行くのかとたずねました。

「梨をもぎに行きます。先に行った二人の兄が帰ってこないので案じています」

と三郎が言うと、

「わしの言うことを聞かないからだ。よくよくそなたも心して行け」

と一振りの切れ刃を三郎にくれました。

三郎がすすんで行くと、三本の枝道に出て、笹が「行けっちゃがさがさ」「行くなっちゃがさがさ」と鳴っていました。三郎が婆さまの教えのとおりに「行けっちゃがさがさ」と鳴っている道をすすむと、大きな沼に出て、ほとりに山梨がたくさんなっていました。三郎は木に登り、うまそうな梨の実をもぎました。

ところが、木を下りようとしたとき、まちがって枝をのりかえたので、三郎の影が沼の水にうつってしまいました。

たちまち沼の主があらわれて三郎を呑み込もうとしましたが、三郎は婆さまからもらった切れ刃を抜いて、えい、と沼の主を切りつけました。沼の主はたまらず、どう、とたおれ、切られた傷から腐って死んでしまいました。

すると沼の主の腹の中から、三郎を呼ぶ声がします。

三郎が腹を切り開いてみると、腹の中には太郎と二郎が呑まれていました。

兄弟はそろって山梨を持って家に帰り、お母さんに食わせてやりました。するとお母さんの病気がけろりとなおって、それからは楽しく暮らしたということです。

＊

「……お、今日も本読んでんのか。いいじゃねえの」

　小学生の俊也が、開け放しになっている家の客間に寝転がって本を読んでいると、訪ねて来た叔父さんがそれを見付けて、声をかけて来た。

　大体いつも、紺色の和服に袴という武道家スタイルで通しているこの叔父。両親が割と歳が行ってからできた子である俊也は、生まれた当初は溺愛されていたのだが、生まれ付き身体が大きく身体能力に優れた野生児であった俊也の世話に若くは無い両親は早くから音を上げてしまい、それを代わりに引き受けたのが、若い頃から武道にのめり込み、妻子も定職も無いが体力だけはあった、この変わり者の叔父だった。

「読書はいいぞ。感心感心」

　叔父さんは腰に手を当てて俊也を見下ろし、言う。

「色んなこと知ってねえと、何が良い事で何が悪い事かの区別が付けられねえからな。強くなるためには絶対必要だ。まだお前には分かんねえかもだが、強さと善悪ってえのは不可分の関係がある」

いかにも肉体派といった風貌と、豪放磊落な言動に反して、読書家でもある叔父は、俊也に昔から読書を奨めていたが、俊也が本に触れ始めたのは最近だ。

そういう経緯もあって、叔父が俊也に読書を奨励する時は、俊也がこれまでに唯一まともに興味を持ったジャンルである武道に絡めるのがお決まりになっていた。結局その試みは成功しなかったのだが、それとは関係なしに俊也が本を読み始めてからも、叔父は相変わらず読書の話題には武を絡める。

「しっかし、あの野生児がこんなに本読むようになるとはなあ……」

「……」

「あの、何とかって友達の影響だっけか？」

何とかじゃねえよ、名前憶えてねえのかよ。俊也は内心そんな事を思いながら、返事もせずに本の文字を追う。

俊也は偏屈な子供だ。一度始めた事は終わるまで、余程の事が無いと止めない。だから話しかけられるのも無視していたが、そんな甥っ子の性格には慣れっこの叔父さんは、一人で勝手にあれこれと話しながら、みし、と体重で畳を軋ませて客間に入って来た。

「何の本だ？　日本の昔話？」

俊也の頭の方にしゃがみ込んで、読んでいる本を覗く。

「おう、昔話ってのは、世の中の物語全部の基本だ。読んどけ読んどけ。いま読んでんのは何だ？　えーっと……ああ、『山梨とり』ね……ガキの頃に読んだきりだよ、だがしっかり憶えてるぜ、俺は記憶力はいいからな」

　そしてガハハとひとつ笑い、しばし待つ。

　じっと見られてかなり居心地が悪かったが、頑固な俊也はそれでも頑なに無視して、読書を続ける。そして『山梨とり』の話を読み終わると、それを見計らっていた叔父さんが、俊也に問いかけて来た。

「じゃあ俊、読書感想文の時間だ。その話を読んで、どう思った？」

「……」

　返事が無くても、俊也が周りの話を聞いている事を、叔父さんはよく知っていた。その上での問いかけ。俊也は、ぼそ、と無愛想に答える。

「……山に行く時は最初から、家から刃物もってくべき」

「可愛げが無えなあ！」

　叔父さんは片手で顔を覆って、俊也の答えを大いに嘆いた。俊也は嫌そうに身を起こし、服の袖で顔を拭く。唾の飛沫が飛んで来たのだ。

「でもまあ正解だな！　山に行くのに刃物の一つも持って無いとか有り得ねえわ」

「だろ」

「おまえ賢いな。でも学校じゃ言うなよ。先生に嫌われちまうからな」

俊也は飛び抜けた運動能力があるのに学校や地域のスポーツに協力的でない上、態度が生意気なので、そういうものの顧問をしている担任に、すでに激しく嫌われていた。

「もう嫌われてるよ」

俊也は詰まらなそうな表情で言って、叔父さんの胸に向けてパンチする。瞬間、叔父さんは俊也の拳を絡め取るように受け止めて、しゃがんだ姿勢のまま、瞬きする間に俊也の身体を投げて、畳の上にひっくり返した。

だん、と受け身を取って俊也が背中から落ちる。

俊也の首に、とん、と手刀が乗せられる。

「沼の主、討ち取ったり」

にや、と悪戯(いたずら)っぽく笑う叔父さんの顔。

俊也はそれを見上げながら、ぼんやりと考えていた。

もしも――――人を丸呑(まるの)みにするような〝化け物〟に襲われたら、自分は何ができる？

俊也は同年代の子供の中では極めて現実的な性格をしていたが、それでも子供の持つ空想的な真摯さで、いつか〝化け物〟と戦わなければならなくなるかも知れない、そうなった時の自分を真剣に夢想した。

この腕力でもどうしようも無いような〝化け物〟に対して、自分は何ができる？

そう真剣に。

しばらく俊也の中で、その考えは続いた。

答えは出ないままに。やがて子供の時期を過ぎて——そんな〝化け物〟の存在を、完全な御伽噺（おとぎばなし）として、信じなくなるまで——

魔術に使用されるものは道具からシンボルまで、全てが見たままとは全く別の意味を持っている、いわば「見立て」の道具である。

前述の「類比呪術」がそうであるように、魔術や呪術は暗喩と符合に支配されている。

これは宗教儀式にも言える事で、ワインとパンが基督(キリスト)の血肉を表す事は周知であるし、魔術で短剣の代用とする刀印が密教や修験道で用いられている事も事実である。また魔術や呪術の祖は「宗教」である事も忘れてはならない。未開地域において宗教と呪術が不可分であるように、まず初めに「見立て」があり、その神秘性が宗教や魔術、呪術を生んだのである。

そして――もう一つ、「見立て」を好むシステムがある。

それは「怪異」である。伝承、と言い換えても良いが、怪異や都市伝説も「見立て」の産物である。それらは往々にして隠された意味があり、どんなに無意味に見えても一面には秘密や真実を含んでいる。昔話は怪異と言える。昔話は怪異のストーリーであり、同時にメタファーであり、魔術の寓話(ぐうわ)のように精神世界の〝元型〟を含んでさえいる。昔話は怪異である。魔術と宗教は同根である。そして全ては、「見立て」によって繋(つな)がる同一のものなのである。

――大迫栄一郎(おおさこえいいちろう)『オカルト』

情報というものは、しかるべき媒体を与えてやれば容易に不滅のものとなり得る。

口承文学が未だ絶え尽くしていない事が示すように、人間という入れ物さえ与えておけば、記憶する人間は変わってもその情報は同一のものと言える。

記録媒体と人間があれば、情報は長期保全される。

それが絶対ではないとはいえ、情報は物体よりも、確実に不滅に近いものと言える。

——とある情報科学教授の講義メモより

間章 首くくりの木のある風景

深夜二時。

闇に閉ざされた学校。

「──どうして教えてくれなかったの？」

その誰も居ない中庭で、十叶詠子は少しだけ拗ねたような声を出した。

暗闇の中、一人。

周囲には、誰も居ない。

深夜の学校に、どうやって入り込んだのかは判らない。ただ、ぴんと張り詰めた闇が世界には満ちて、詠子の声が空しい空間へと広がっていた。

木々も、建物も、ただ陰影としてのみ、周囲に存在している。

その墨色の闇に、詠子の声は静かに吸い込まれ、溶解して消える。

静寂が広がる。

透明な静寂。

そんな静寂を湛える闇が、詠子の声を吸い込むと、あたかも混沌をかき混ぜたかのように、微かな気配を一つ、生み出した。

「────何故だと思うね？」

その闇が、言葉を発した。

刹那、冷たい闇の気配が凝集し、黒衣の男の姿がそこに現れた。

夜色の外套。その輪郭は周囲の闇へと溶けて、代わりに残された白い貌が、くっきりと夜闇に浮かび上がる。

「何故だと思うね？　まさか、識らない訳ではあるまいね？」

男は繰り返す。その美貌が、うっすらと嗤う。

闇が、濃度を増した。

見る者すべてを凍えさせる、そんな笑みを口元に浮かべ、神野陰之は静謐の中、静かにそこに佇む。

「もちろん、判ってるけどね……」

そんな神野を前にしても、詠子の調子は変わらなかった。

「私がそう聞かなかったから、それに誰もそう望まなかったから、介入できないって言うんでしょ？　でも悔しいじゃない。そんな大事な事を私が知らなくて、なのに貴方（あなた）が全部知ってたなんて。ずるいと思うな」

常人ならば背筋が凍る、この黒衣の魔人に向かって、詠子は友達と話すように、ただただ普通に拗ねて見せた。

「全く、君は興味深い」

神野は笑い、古めかしい丸眼鏡を押し上げた。

「君の見ている世界は、君の周囲の人間が見る世界とは全く違っている。あまりにも本質的であり、また観念的で、光学が見せるこの物質世界像とは似て非なるものだ。君の知覚は完全に人間の領域から逸脱している。君の持つ異常性はそこに尽きる。何故なら君は、他者とは違うものを見ていながら、その姿と動作は、他者と同じものなのだからね。

他者と同じ言語と肉体——即ち（すなわ）〝意思伝達手段〟を共有しながら、君の〝知覚〟は遙か（はる）彼岸にある。この乖離（かいり）こそ、君が他者へと与える違和感となる。それは〝狂気〟とも称されるね。なまじ共有できる部分があるために、人はその意識のズレに戸惑うのだ。

自身の目に〝視える（み）〟ものを受け入れられず狂う者と、受け入れて周囲から乖離する者。果たしてどちらが、真の狂人なのだろうね？　そして真の〝正気〟など、誰が定義できるのだろうね？」

　神野はそう語ると、詠子を見る目を楽しそうに細める。

　その試すような問いかけに、詠子は答えた。

「私には、同じに思えるけど？」

「ほう？」

「受け入れられずに狂う事は、受け入れた事と変わらないと思うよ？　どっちも周りからは乖離しちゃうでしょ？　それはカタチが違うだけで同じものじゃない？　どちらも同じ〝正気〟じゃないかな」

　言いながら、口元に人差し指を当てた。

「だって、どちらも〝視える〟事に対する正しい反応でしょ？　そもそも〝視える〟事が正常じゃないって言うなら、それに対する反応を正否で語るのは間違ってるよ。みんな人間同士、全然見てるものが違うのに、何故か同じだと思ってる。それぞれ一人にとって、他のみんなが異常なのに、誰もそうは思わない。

　人間って一人一人が全然違う生き物なのに、誰もそれを認めないのは不思議だな。突出して違う世界を見ている人を、周りが〝狂人〟だって呼ぶのは幻想だと思うよ。人間がみんな同じ世界を見てるなんて、そんな幻想があるから、正気なんて偽物の定義を作る。『人間』なんて単一の生き物は、世界のどこにも存在しないのにね」

ねえ？　と詠子は一拍置く。

「誰も蛙を、〝狂ってる〟なんて言わないのにねえ……」

そう言って、不思議そうに首を傾げた。世界そのものを揶揄するような、それでいて心の底から不思議そうな、奇妙に純粋な疑問の表情だった。

「あるいは、『神』もそうだね」

と神野が応じる。

「あまりにも逸脱したものは、正気や狂気などという範疇では語らないね」

「でしょ？」

「自分達と同じモノだという確信が、それに対する正気や狂気という区別を生み出す」

「うん」

詠子は頷く。

「人間みたいに複雑な心性を持ってしまったら、もう精神レベルでは同じ生き物だなんて言えないのにね……」

そこで詠子はふと気付いたように、言葉を切った。

そして、

「……また煙に巻こうとする」

言って、小さく頬を膨らませる。

神野は嗤い、

「それは君の不注意だろう？」

そう言い放った。

「言葉は『魔術』の本質の一つと、君が知らない筈はあるまい？　言葉には意味があり、それは聞く者へと影響を与えるものだ。他者に影響を与える手段として、言葉は存在するのだからね。そして『魔術』は、それを利用する。魔術師と対峙した場合、その言葉に耳を貸してはいけない。君がそうであるように、魔術師は、言葉の持つ〝力〟を熟知している。魔術師の語る言葉に意識を向けた途端、最早それは術中に落ちているようなものだ。魔術師と戦う、初歩の初歩だよ。関心を向けた途端、言葉に乗せられた魔術師の意思が、その者の意識に入り込み、意識に変容を与えているのだ。君の言葉が、そうであるように」

闇の中をゆっくりと歩きながら、神野は語る。それはまるで詩人のように。闇と、木々のシルエットを背に、神野は詠うように、言葉を連ねて行く。

暗闇から囁きかけるような声が、空気に、空間に、染み渡るように広がって行く。

流れる言葉が、夜を濃縮する。

詠子は黙って、そんな神野の姿を目で追っている。

沈黙が、やがて落ちる。

だが、

「……………駄目だよ」

しばらくして、詠子は突然、くすくすと笑い始めた。

「もう引っかからないよ」

そう首を横に振って、詠子は悪戯っぽい笑みを浮かべた。

「すぐそうやって、人を試そうとするんだから……」

「それが『私』という存在の在り方だからね」

言う詠子に、神野も口の端に笑みを作る。笑って肩を竦めるような動作をする。同時に濃縮されていた闇が、薄れる。

「うん、もう引っかからない。それはともかく、聞かせてくれないの？」

「何をだね？」

「〝彼〟の事」

「『私』が語れる事は、そう多くは無いぞ？」

詠子の問いに、ようやく神野はまともな答えを返した。

「でも、貴方の古い知り合いなんでしょ？」

「違うね。『私』にとって〝古い〟とは、今の『器』を始める以前を言うのだよ」

「そんなの、どっちでもいいよ」

「そうかね」

小さく睨(にら)む詠子。

「つまり、〝彼〟については、言えないの？」

「言えないね。〝彼〟は君の競合者だ」

神野は笑って答えた。

「〝存在を隠蔽する〟という〝彼〟の意思が存在する限り、その意思を超えない限りは『私』は何も言う事ができないね」

「どうしても？」

「勿論(もちろん)だ」

「仕方ないなあ……」

溜息(ためいき)を吐く。

「でも、〝彼〟が私の〝敵〟だと判っただけでも、いいか」

そう言って、詠子は夜色の空を仰ぐ。神野が楽しそうに、それを眺める。

しばしの、沈黙。

沈黙の空に、昼間には無かった厚い雲が黒々と渦巻いていた。

雲が天からの光を吸い込み、羽間に真の闇と沈黙を降ろしていた。

不意に、詠子は宣言した。

「……………私は、私のしたい事をするよ？」

それを聞いて、くつくつと神野は笑った。

「そうしたまえ」

肯定する。

「そうすべきだ。そうでなくては意味が無いのだ。自身の『願望』のため、生きて、考え、動き、戦い、呼吸し、走り、足掻き、傷つき、泣き、笑い、叫び、奪い、失い、築き、壊し、血を流し、怒り、這いずり、狂い、死に、蘇らなくては、人は意味が無いのだ。『私』が存在する意味も無いのだ。

何故なら――――それこそが〝人間〟の最も美しい姿なのだからね。この『私』が崇敬してやまない、人間の偉大な魂の形」

高らかに謳い、神野は両腕を広げた。夜色の外套が大きく広がり、夜そのものと同化して、翻った。

「……だから、君は君の為すべき事を行いたまえ」

「そして貴方は、全ての〝闇〟へ向かう望みを叶えるのよね？」

「その通りだ、〝現代の魔女〟。健闘を祈るよ？　君の『才能』は稀代のものだ」

「……本気でそう思ってる？」

「そうでなければ、ここまで『私』を呼び込む事はできないね」

その神野の答えに、詠子は微笑を浮かべた。

そして、そのやり取りを最後に、闇の中の寸劇は終わった。

夜に溶けるように、神野の姿が跡形も無く消え失せた。

詠子は再び空を振り仰ぎ――――渦巻く雲を見て、何故かその澄んだ目を愛おしげに細めた。

七章 澱(よど)んだ朝

1

あれから一夜が明けた。

遅い朝の日差しが差し込んでいる大迫家の居間に、日下部稜子(くさかべりょうこ)は、眠たげな表情で座り込んでいた。

「むー……」

重たい目を擦る。ぺたんと座布団に座り込んだ格好で、ぼーっとした目を無為に前へと向けている。目が霞(かす)む。亜紀(あき)と歩由実(ふゆみ)は、キッチンでお茶を用意していて、最初は手伝っていた稜子だったが、危なっかしいからと追い出されてしまった。

だから稜子は、一人で居間に座り込んでいる。

「うー」

眠い。

結局、あれから稜子は殆ど眠れなかった。

亜紀も歩由実も、その状況は全く同じだった。夜中に起こった不気味な騒ぎ。亜紀と稜子は緊張し、歩由実は自分の状況に衝撃を受け、結局一睡もしないで夜を明かしたのだ。

そして朝までは目が冴えていたのだが、朝食が終わって一気に眠気が来た。

もともと低血圧気味の稜子。家主である水方が出勤し、再び子供ばかりになった家で、稜子は睡魔と共に、朝の時間を過ごしていた。

「むー……」

目を擦る。

そんな稜子を見ながら、キッチンから現れた亜紀が眉を顰めた。

「あんたね……そのだらしない顔やめなさいよ」

言いながら、亜紀は紅茶の入ったティーカップをテーブルに置く。三つのカップを器用に持ち、ろくに目の開かない稜子と違って徹夜を感じさせない動作。

微妙に機嫌が悪いが、亜紀の場合は眠気のせいとは限らない。

違うのは体力か精神力か体質か知らないが、朝に弱い稜子から見ると、目の前の亜紀は超人に見える。

「ほら」

カップが差し出される。

「ありがとー……」

縋(すが)り付くように、稜子はカップを抱える。

その様子を見て、また亜紀の眉間の皺(しわ)が深くなった。両の腰に手を当てて、亜紀は稜子を見下ろした。

「また顔洗って来る？」

「……んー、でも……」

「あんまりだらけてると、見てるこっちが苛々(いらいら)して来るんだけど」

「むー……そんなこと言ったって……」

亜紀の付ける因縁に、稜子はだだをこねて対抗する。対する亜紀は聞く耳を持たず、やはり明らかに機嫌が悪い。理由は無さそうだ。やはり眠いのではないだろうか。

「……やっぱり亜紀ちゃんも眠い？」

薄(う)っすら笑って眠い目で見上げると、

「………黙んな」

と亜紀は、不機嫌そうに座る。

そんな亜紀が妙に可愛く見える。憮然(ぶぜん)とする亜紀を見ながら、ぼんやりした頭の端で、稜子は姉の気持ちが少しだけ解(わか)ったような気がした。

姉も、こんな気持ちで自分を見ていたのかも知れない。

思いもしなかった所から姉を思い出して、稜子の感情に、何とも言えないものが湧いた。

「……」

意図せず二人、黙ってティーカップを抱いた。

そうしていると、お菓子を盛った器を手に、歩由実が黙って入って来た。

器を置いて、黙って座る。

その表情は、暗い。

それもその筈だ。歩由実は今まで必死で耐えていた筈の夜が、実は耐えられていなかった事を知ってしまった。毎晩、自分に起こっている事を知らなかった。

眠らない事で辛うじて耐え、逃げていた筈が、実は逃げられていなかった。

現実には歩由実は眠ってしまっていて、眠りながら毎夜、一人絶叫を上げていたのだ。

耐えていた筈の一線が、実は破られていた。

朝になってそれを聞かされて事実を知った時、歩由実は一時、激しい恐慌状態に陥った。

何とか落ち着いたものの、それからは今まで以上に過敏に恐怖に怯えるようになった。夜更かしを言い訳に、水方とも顔を合わせなかった。

今も、蒼白な顔で下を向いている。

雰囲気が重い。

誰も、何も言わない。

稜子は器に手を伸ばし、ビスケットを一枚つまんだ。

機械的に一口齧ると、ろくに味が感じられず、ただビスケットが砕ける音が、口の中にいやに大きく響いて聞こえた。

「……もうすぐですね」

時計を見て、不意に亜紀が、ぽつりと呟いた。

その言葉遣いから、自分が言われたと遅れて気が付いた歩由実が、緩慢に答えて頷いた。

「あ……うん……そう……ね」

だがすぐに、下を向いてしまう。

「そろそろ、来てもいい頃だと思うんですけどね」

「うん……」

そう頷き合う二人の言葉を、稜子は聞くとも無しに聞く。

二人が話しているのは、他の皆の事だった。そろそろ空目たち皆と――もう一人、芳賀が――この家にまた、集まって来る予定になっているのだ。

芳賀に調査結果を報告する予定だった。そして、今後の動きについて相談をする。

「――つまり、私らに対する〝監視〟って事だよね」

昨日、そうして集まるという話を聞いた途端に、鋭い亜紀がすぐさまそう言ったのを、稜子は覚えていた。集まって話し合いをするという話を額面通りに捉えていた稜子はひどく驚いたが、肯定した空目に二重に衝撃を受けた。

「その通りだ。もう一つ言えば、恐らく俺達の反抗の意思を探る意味もある」

空目は言った。

「こちらの状況など、報告なしでも向こうには筒抜けだ。通常の監視では探れなかった情報、そして俺達が奴らを出し抜こうとするのを、事前に察知する意味もある筈だ。過去に二度、奴らを出し抜いた以上は、間違いなく警戒されている筈だ」

そして、

「後は――――俺達が失敗し、奴らの手にも負えない場合、先輩を物理的に処分する見極めをするため」

「だろうな」

俊也も頷いていた。

「奴らはそれくらいするだろうぜ」

「…………！」

稜子には想像もできない世界だった。そういう裏の思惑などを考えるだけで、芳賀に会うのが怖くなる。

「はあ……」

稜子の気分は重い。溜息を吐く。

その話だけでも十分気が重かったが、気の重い事は、まだあった。

というより、稜子の感情としては、こちらの方が少しだけ重大だ。芳賀に会う事は、こちらの問題に比べればいくらかマシになる。

もうすぐ、武巳と顔を合わせるのだ。

一日経った今でも、どんな顔で会えばいいのか判らないのだ。

いかに歩由実を救うためとは言え、これぱかりは気が重い。もはや稜子にとって、もうすぐ始まる話し合いは、きっと針の筵になる。

「………ねえ……亜紀ちゃん。話し合いって、わたしが居る必要あるの？」

「は？」

突然そんな事を言い出した稜子に、亜紀が訝しげな声を出した。

「……何？　急に」

「うん………だって、わたしが居ても全然役に立たないでしょう？　いろいろ知ってる訳でも無いし、亜紀ちゃんみたいに頭も良くないもん。邪魔じゃないかな、って……」

俯き、カップを弄びながら、稜子は言う。

それは最初は、武巳と顔を合わせたくない一心の発言だった。だが口にした瞬間、他の様々な黒い感情が湧き出して混ざり合って、黒雲のように胸の中へと広がっていた。

「…………」

亜紀が黙って眉を寄せる。

言ってしまってから、稜子は後悔した。

自分は必要ないかもという、今まで考えもしなかった気持ちが、いつの間にか思考に混ざり込んで口に出てしまっていた。心が弱っていた。そして自分が口にした事で、疑念は具体的になり、次に自己嫌悪が加わって、始末に負えない感情の混合物になった。

もう稜子は、自分が何を考えていたのか判らなくなり始めていた。

想像以上に、稜子の精神は参っていた。

「稜子」

亜紀が、口を開いた。

「……うん？」

「あんたが何考えてるかは知らないけど、余計なこと考えるのやめな」

「……」

俯く稜子に向かって、亜紀は厳しい口調で言い渡した。

「夜中の先輩を見たの、私とあんただけなんだよ？　先輩は自分で気付いて無いから、それを恭の字や、あの〝黒服〟どもに説明できるのは私らだけなの」

「う……」

「私だけに説明させる気？」

そう迷惑そうに言って。それから断言した。

「今あんたを不要なんて言う人間は、一人も居ないよ」

「……」

亜紀の凜とした言葉が、静かな居間の空気を斬る。

「あんたが参ってるのは判ってる。よりによって先輩の前で近藤と喧嘩したり、さっきのといい、らしくない事ばっかりやってるからね」

「……うん……」

「でも、あんたは先輩を助けに来たの。あんたの仕事は〝先輩の助けになる事〟」

「うん……」

「それ以外の事は考えちゃ駄目。判った？」

「………うん」

「よろしい」

頷く稜子に、亜紀が頷き返した。

稜子はカップの陰で、小さく唇を嚙んだ。

危うく、自分が何をしに来たかも忘れるところだった。稜子は自分と似た境遇の歩由実先輩を助けに来たのだ。

そして思った。

「……亜紀ちゃん」

「ん？」

「やっぱり亜紀ちゃんは凄いね……」

「……はぁ？」

奇妙なものを見る顔の、亜紀。

「多分それ、わたしを励ますベストの言葉だと思うよ。わたし単純だから、他のものに一生懸命になるのが一番気分転換になるもん……」

「……」

「何でもお見通しなんだもん。やっぱり凄い」

心の底から言う稜子に、亜紀の表情が迷惑そうなものに変わる。

「稜子……」

「うん？」

「私を見透かそうとするの、やめな」

いかにも不愉快そうな口調で言って、亜紀は稜子から視線を外した。照れているのだろう、険しい目元は頑なだ。稜子は弱々しくだが、笑って気持ちを切り替えた。

そうだ。

今は歩由実の事だけ、考えていればいい。


……………

2

近藤武巳が歩由実の家に着いた時、すでに芳賀以外の皆は、全員そろっていた。

「だあー、またこのパターンかあ……」

居間へと入った途端、一斉に向けられた皆の視線に、武巳は意味も無くたじろいで、思わずそう口にしていた。

「また五分遅刻だね」

亜紀が時計を見て、重々しく宣言する。

「今度はどんな言い訳を聞かせてくれるわけ？」

低く響く亜紀の声に、武巳は機嫌の悪さをありありと見て取る。

「………寝坊しました」

「馬鹿者」

挨拶のように、容赦のない言葉が交わされる。

武巳は誤魔化し笑いをし、他の皆は興味なさそうにしている。

一瞬だけ稜子と目が合ったが、すぐに稜子は武巳から目を逸らした。気が重くなる。まだしばらくは、この状況は続きそうだ。

「……えーと……あの、芳賀さんは？」

黙っていると気まずくなるので、見れば分かる事を武巳は訊く。

だが、

「見れば分かるでしょ？」

と素っ気無く亜紀に言われた。

「まだ来てないよ」

「え、だったら遅刻、おれだけじゃない……」

「でも、きっとすぐにチャイムが鳴るね」

妙に確信的に亜紀が言う。どういう意味か判らず、武巳は間抜けな声を上げた。

「へ？」

しかし、その途端、宣言通りに玄関のチャイムが鳴った。

「……ほらね」

亜紀がそう言って肩を竦め、歩由実が来客を迎えに玄関へと出た。

武巳は呆然とする。

「え？」

その脇で俊也が腕組みして、わざとらしく深い溜息を吐いた。

「要するにな」

「全員そろうのを待ってた。見張られてる、って事だよ」

＊

「……やあ、どうも」

そう言って居間に現れた芳賀は、挨拶もそこそこに空いた席に座り込むと、まずサングラスを外して、目元を指で揉みほぐした。それだけやってから、芳賀はようやく皆へ向き直る。その目は微かに赤く、どうやら碌に寝ていないらしい事が窺えた。

「あー……失礼」

「大丈夫ですか？」

亜紀がうわべだけの声をかけ、

「ええ」

と芳賀が、いつもの貼り付けたような笑みを浮かべる。

俊也が顔を顰め、稜子と歩由実が沈んだ表情で下を向く。あやめは落ち着かなげで、空目は無表情だ。そんな中で、武巳はどんな顔をすればいいのか判らない。

とりあえず、困った顔で皆を見回す。

間合いを計るような沈黙。

まず皆に向かって、芳賀が訊ねた。

話し合いは、始まった。

「———どうでした？　何か分かりましたか？」

その芳賀の問いに応えて、亜紀が口を開いた。

「一応、言っとく事があるよ」

「……ほお」

それを聞いて、芳賀も頷いた。

「こちらもです。いくつか分かった事がありました」

言いながら、テーブルの上で指を組む。

「〝我々〟が調べた事は――いや、後にしましょう。あなたからどうぞ？」

「……ん」

芳賀に促され、亜紀が意外と素直に説明を始める。

「昨日の夜中にあった事なんだけどね……」

そして、そんな言い出しから始まったのは、聞くだに異常な歩由実の狂態の話だった。木のように身体を硬直させ、絶叫を上げる歩由実の様子を、亜紀は事細かに話し始めた。淡々とした亜紀の話の所々に、稜子がぽつぽつと説明を付け加える。そうやって徐々に言葉で、昨夜の異常事態が形作られる。

黙って、皆がそれを聞く。

歩由実はじっと俯いている。

武巳は驚きながら歩由実の顔を見るだけだった。やがて二人の話が終わった後、芳賀が質問を口にする。

「なるほど、それは……昨夜だけでなく、今までずっとそうだったと思われますか？」

「多分」

亜紀は首肯する。

「根拠は？」

「先輩は何も覚えて無かった。今まで通り、夜通し耐えていたつもりでいました。という事は、今までもそうだった可能性は割と高いんじゃないかと」

「なるほど」

芳賀は頷く。

「そんな状態だったのに、家人は気付かなかったんですね？　同じ家の中で、大声で叫んでいたのに」

「ええ」

「なるほど、〝無音円錐域（コーン・オブ・サイレンス）〟の可能性もありますね。部屋の外に音声が漏れなかったのかも知れません」

芳賀は言う。歩由実にとっては聞き慣れない言葉。微かに歩由実が視線を上げたが、芳賀は特に説明はせず、ただ眉を顰めていた。

その気力も無いのか、歩由実も特に質問はしない。

UFO遭遇などの怪現象に伴う、一切の雑音が消える静寂の空間。

芳賀が言っているのは、その現象の名前だ。武巳も遭遇した経験があり、その時にこの用語を知った。芳賀の所属するという〝機関〟に遭遇したのも、その時の事だ。

あの時から、何もかも始まった気がする。

それぞれが沈黙する中、武巳はそんな風に、思わず四ヶ月前の事件を思い出す。

そうしている間にも、考え深げにする芳賀に、空目が訊ねる。

「……怪奇現象に際して、必ず起こるのか？　その〝現象〟は」

「いえ、必ずという訳ではありません」

芳賀は答える。

「〝無音円錐域〟が起こっていない形の遭遇現象も、もちろん報告されています。ですが実際は『正確には判らない』というのが正直なところです。多くの異常遭遇では、当事者が激しいパニックを起こしますから『周囲が静かだったか』なんて覚えていませんし、現場に第三者が居ない場合、どこまでも主観の問題になります。異常現象は幻覚が伴う場合もあるので、究極的には本人が音を聴いた、音を発したという証言も信用できません。そんな訳ですから、残念ながら〝無音円錐域〟については詳しくは判っていません。あくまで現象に対する判断基準の一つといった程度ですね」

「そうか」

「ＵＦＯの接近遭遇では、驚きはしますが恐慌状態にまではならないので、ふと周囲が『異常に静かだ』と気付きやすいのではないかと考えられています。なのでＵＦＯ型の怪奇現象で特徴的に報告が相次ぎ、そのためＵＦＯ専門の現象だと思われたのではないかと。そして、そこに現れる〝我々〟もＵＦＯ絡みの人間だと思われたようで。ともあれ、異星人主義者はＵＦＯの作り出す力場のせいだとし、超常現象否定派は白昼夢の幻覚特有の現象としましたし、実際には類似の現象が、ＵＦＯだけでなく心霊現象の一部でも報告されていますし、かの飛行物体はエイリアンの乗り物などでは断じてありません。

当初は〝我々〟も心理的な現象と捉えていましたが、報告などを分析するに無音現象は物理的な側面も持っています。例えば――先の木戸野さんの事件でも、〝無音円錐域〟はあったのですよ？　何しろあれほど部屋が破壊されながらも、隣近所は何一つ物音を聞いていないのですから」

「なっ……」

急に自分に話が及んで、絶句する亜紀。

「まあ経験から導かれる傾向としては、無音現象は『異界』そのものとの深度の遭遇で起こるようですね。その怪現象が起こっている場所が、周囲から知覚的に隔離されてしまうのです。要するに一種の『結界』ですよ。最初から知っている人間ならば突破の可能性もありますが、知らない人間には認識すらできません。被害者にとっては少々深刻ですよ。泣いても叫んでも誰も気が付きませんし、それを差し引いても、すでに深度の異界遭遇を起こしているという事ですから……」

そう言って話を止め、深く深く溜息を吐いた。いかにも深刻なものが胸に溜まっているような重い溜息。あまりに深刻そうで、逆に作り事めいて見える。

「……まあこの件、思ったより深刻ですね。急いだ方がよろしいかと」

ともあれ、芳賀は深刻な調子で言う。

そんな芳賀の言葉に、空目が冷静な声で答えを返す。

「急ぎようがあるなら、初めからそうしている」

そう言い放った。

「俺達に一任した以上、急かす類の発言はやめてもらおう。それは俺達を信用していない発言だ。信用なしに一任したなら、それは先輩を見殺しにするのと同義だ。そしてそちらが一任した以上は、その種の発言をするのは、侮辱と受け取る」

断言する空目に、芳賀の表情が一転して笑みに変わる。

「……これは失礼」

再び貼り付けたような笑みが、芳賀の顔に浮かんだ。

その時になってようやく、今までの芳賀の表情が全て駆け引きだった事に、遅ればせながら武巳は気付いた。

「しかし空目君、私の印象では、君に他人の侮辱に憤るような心が残っているとは思いませんでしたが？」

芳賀は言う。

空目は答えた。

「憤り？　作業環境の問題だ。これは」

……………

3

誰も居なくなった居間に、武巳は一人、座り込んでいた。

車道からも、市街地からも外れた位置にあり、広い庭もある歩由実の家は、昼間だというのに異常なくらい静かな場所だった。

何となく点けているテレビの音が、拡散して消えて行く。

漫然と食べるビスケットの音が、頭蓋の中でいやに大きく響いて聞こえる。

話し合いは終わった。芳賀は去り、皆もそれぞれ自分の仕事をするため、学校へと出かけてしまっていた。

ここに残っているのは武巳。それと歩由実と、それから稜子。

いつもこうなる仕事の振り分けと言っていいが、今は状況が違っていた。別の事をやらせて欲しいと皆には言ったが却下され、結果、顔を合わせるのが気まずくて、稜子と歩由実とは別の部屋に分かれていた。

別に、新たに諍(いさか)いをした訳では無い。

ただ、男女の別などもあって、何となくそんな部屋割りになっただけだ。

だが、すれ違いも修正できていない。武巳は何を言えばいいのか判らなかったし、稜子の様子も昨日にも増してどことなくおかしく、溝は広がっているような気がした。

何が起こっているのか、武巳には把握できなかった。

困ってはいたが、どうすればいいのか武巳には見当も付かなかった。

とにかく、碌に知らない家の居間に、居心地悪く一人で居る。テレビは点けているが、見ているのは携帯。目と耳に別の情報が入っていて、そしてどちらも、大して頭には入って来ていない。

目と耳に入る情報を上滑りさせながら、武巳は思い出す。


「――大迫栄一郎という人物について、詳しく調べてみました」


話し合いの時、芳賀はそう切り出した。

「大迫栄一郎――これはペンネームで、本名は大迫摩津方(まつかた)と言います。民俗研究家、作家、聖創(せいそう)学院大学理事など、様々な肩書きを持っていた人物です。オカルト研究家として、このペンネームで多数の著作があります」

芳賀は言い、黒い鞄から書類の束を取り出すと、次々とそれを読み進めながら、内容を要約していった。

——歩由実の祖父、大迫栄一郎。

水方の父という事で、何となく近しい気になっていたが、その時に聞かされた人物像は、お世辞にも普通の人物とは言えないものだった。

武巳が想像もしていなかった事実が、次々と芳賀の口から出て来る。

ただ呆然と聞いていたのを、武巳は覚えている。

「実は大迫栄一郎という作家は長らく危険図書の著者として〝機関〟から監視対象指定されていたのですが、どうしても正体が辿れず、今回得た手掛かりでようやく摩津方氏であると確認できました。監視対象指定となった以前の、十年前の時点ですでに死亡しており、理事を務めていた聖創学院大学の敷地内で、首を吊って自殺しています。当時八十歳。死の状況に不審な点がありましたが、遺書がありましたので一応落着という形になりました。大迫家に婿入りした養子であり旧姓は小崎。二十八歳の時、当時素封家だった大迫家の長女、頼子と結婚しています。

ただ――それ以前の経歴は殆ど不明です。まずは戦争による公的資料の散逸で、両親と生まれの詳細が不明です。出生地は千葉の海岸沿いの村となっていましたが、何度か行われた町村統合の際、住民資料が紛失しています。現在の記録はその時に新しく作成されたもので、戦後まもなくの頃でしたから管理も杜撰(ずさん)で、改竄(かいざん)をしようと思えばいくらでもできた時代でした。小崎摩津方という人物がどこで生まれてどのような子供時代を過ごしていたかという裏付けは、全く取れませんでした」

出生不詳。

まず芳賀はそう言った。歩由実は祖父が養子である事すら知らなかったらしく、半分固まったような表情で芳賀の話を聞いていた。

そして呟く。

「……素封家？」

「財産家の事ですよ。当時は付属高校周辺の土地も、大迫家の所有でした」

芳賀は言う。当時、大迫家の所有する土地財産は相当なものだったという。だがそのほぼ全てを摩津方の代で手放したらしい。代わりに残ったのが、大量の研究と貴重な蔵書。

空目が、歩由実の反応を見て眉を寄せる。

「先輩は、知らなかった？」

「は、はい……」

答える歩由実。そして続けて返ってきた答えに、みな驚いた。

「私、家が財産家だったなんて、知りませんでした。おじいちゃんが本書いてるなんてのも。そのペンネームも、初めて聞きました……」

歩由実は祖父について何一つ知らされていなかった。

水方も知らないのか、それとも知りながら教えていなかったのかは判らないが、これには芳賀もやや驚いていた。

説明は進み、資料は結婚前の前身へと移るが、これも不詳な点だらけだった。

「結婚以前の若い頃に何をしていたかですが、これもある程度の記録はあるのですが、よく判っていません。留学時代がありまして、アメリカとイギリス、ドイツの、複数の大学に在籍していました。また在学中から卒業後にかけて、何年にもわたって海外を点々としています。アメリカとヨーロッパ、他にインド、チベット。そこで何をしていたかは、もはや知る由もありません。ただ主観で言わせてもらえば、オカルトに傾倒した人間の典型的な経路です」

「オカルト？」

武巳はどういう意味か判らなかったが、空目がそれに答えてくれた。

「ヨーロッパは魔術と錬金術のメッカだ。アメリカにはネイティブアメリカンのシャーマニズムと、後のニューエイジ運動に繋がる最新の神秘学と、ヨーロッパで失われた宗教的純粋性の坩堝(るつぼ)だ。インドのヨガと瞑想(めいそう)は、オカルティストが良くハマる。そのうち神智(しんち)学研究が行き着けば、最後には神秘主義の聖地としてのチベットに行きたがる」

つまり、魔術と錬金術をヨーロッパで。シャーマニズムと神秘学をアメリカで。そしてインドのヨーガを経由してチベットの神秘主義へ。これが昔のオカルティストの定石だったのだという。

「そういう遍歴者の多分に漏れず、摩津方氏も真性のオカルティストでした」

芳賀は言い、断片的な資料から類推される事柄を述べた。

「その筋では魔術の実践者として〝小崎摩津方〟の名前はかなり有名で、海外のオカルティストとも多く親交があったようです。魔術結社を渡り歩き、未確認ながら日本で〝東方の星錬金術会〟なる魔術結社を主宰していたと。表向きは在野の研究者として、民俗学、神秘学を始めとする啓蒙的著書が多数。とはいえ裏での噂は数あれど、表向きには完全に地元の名士という事で通っています。

ここまで調べ上げるのも大変だったんです。そもそも〝作家〟大迫栄一郎と〝素封家〟大迫摩津方、〝魔道士〟小崎摩津方の三人が同一人物であるというのも、完全な確証を得たのは今回です」

言いながら示される資料を、食い入るように歩由実は眺めていた。

添付されたコピーには、大迫栄一郎のものと思われる近影も含まれていた。スーツ姿の老人達の、集合写真。

「祖父に……間違い無いです」

歩由実は言った。

写真の指差した部分には、一人の老人が頭でも痛いのかのように、ひどく顔を顰めて写っている。長身だ。大きく胸を張って立っている。軍人のような立ち方だ。左目だけを激しく顰めた、異様とも言える表情をしている。

「左目だけ、ひどい弱視だったんです」

歩由実はそう、証言した。

「小さい頃で、そんな事は判りませんでしたから、いつも怖い顔をしたおじいちゃんだと……その頃は思ってました」

あまりに特徴的で、その顔は間違えようが無かった。

そんな事を思いながら皆で写真を覗き込んでいると、空目が芳賀に訊ねていた。

「魔道士はともかく、作家である事まで世間には秘密になってたのか？」

「はい」

「調べようはいくらでもあったんじゃないのか？　収入とか、税金とか」

「ええ、普通ならばね、すぐ判ります」

そう芳賀は答えた。

「普通では無かった？」

「はい。事業者としては殆ど書類上のみのもので、さらに出版社ごとに別の会社として接触していると言っていい状態でした。どれも開業が古く、中には戦中からあるような事業者も含まれています。税金に関しては源泉徴収のまま一度も申告が行われていません。また大迫栄一郎名義の印税は、全て超常現象などの研究団体に寄付されていて、加えて団体は大迫栄一郎とは一面識も無いグループばかりでした」

大迫栄一郎という作家は知られていたが、会った事のある人間は公には皆無。

そのため、通常の手段では大迫栄一郎本人まで辿れなかったと。

「それは――実の息子の水方先生も、知らない可能性があるな」

「それなりに高いと思います」

空目の言葉を、芳賀も肯定する。

栄一郎＝摩津方、という事実は、それくらい執拗に隠蔽されていた。数少ない学術系同人誌の寄稿文から何とか糸口を見付け出し、そこから入手した写真が大迫栄一郎のものだと、ようやく確認できた。それが例の集合写真。それを聖創学院大学理事として残っている摩津方の写真と突き合わせて、初めて同定された。

「まあ、ともかく――それを確証として、今度は『奈良梨取考(ならなしとりこう)』を調べました。どうやら一般には一冊も出回っておらず難航しましたが、印刷所から辿って『奈良梨取考』を刷った出版社を見付け出しました。自費出版でした。しかも最近、依頼された物だったんです。印刷所の証言から三百冊が刷られたと判りましたが、一冊残らず所在不明です。見本も版下も残っていません。全部その出版社が引き上げていました」

それがいかに異常な事か。

芳賀はその異常さを強調しながら、話を進めた。

「……で、行ってみました。その出版社に」

一拍置く。

その時に芳賀が置いた一拍は、ひどく印象的だった。

「そうしたところ――死んでいたんですよ」

そんな一拍の後、芳賀は言った。

「社長以下全員が、会社で首を吊って死んでたんです。もちろんパソコンの中は真っ白。書類は全てシュレッダーにかけられて、オフィス中に撒き散らされてました……」

参った、というように両手を上げ、芳賀は嘆息する。

「やられたんです。完全に先を越されたんですよ。手掛かりは完全に隠滅されて、証言できる人間は全滅した訳です。

完全に〝我々〟の負けです。何者の仕業かは判りませんが、少なくとも人間の仕業ではあり得ない。相手は想像以上に狡猾で、危険な存在です。君達も気を付けて下さい。もしも君達がそれに取り込まれた場合、場合によっては拡大を防ぐため〝我々〟が君達を〝処理〟しなければならなくなるかも知れません」

芳賀は言う。

すると、ずっと黙っていた俊也が堪りかねたように口を開いた。

「……いい加減にしろよ。手前ぇが持ち込んどいて、危なくなったら切り捨てだと？」

淡々と、しかしかえって凄みのある言葉で、俊也は言った。

「何様のつもりだ？　いつまでお前らの都合に付き合わせる気だ？　俺達が全員、化物かお前らに殺されるまでか？　何人殺したか知らねえが、絶対お前らはまともじゃない。お前らが正しいとは、俺は絶対に認めねえ。〝調査〟も〝殺し〟も〝正義の執行〟も勝手だが、俺の見えないところでやってくれ。空目も、俺の知り合いも、俺の周りの者も巻き込むな！」

鬼のような目付きだった。

聞いているうちに我慢ならなくなったようだ。歩由実が聞いているのも構わずに俊也は言った。関係の無い武巳が震え上がるほど、激しい怒気が全身から発されていた。

だが、

「……聞き流しておきましょう」

あっさりと、芳賀はそれを受け流した。

「〝我々〟は確信をもって、この仕事をやっています。そうですね。君も〝機関〟に入れば判ると思いますよ。人間が人間の手で人間を殺す世界がいかに健全で正常か、この仕事に関われば君も思い知ります。何も知らなければ良かったと、きっと君も後悔するでしょう」

そう言って、ひどく酷薄に見える笑みを浮かべた。

その動じない様子は、まるで冷え切った鉄のようだった。

ぎり、と俊也の奥歯が鳴った。

しかし俊也は、それ以上何も言わなかった。

「……続けましょうか」

芳賀は言って、資料から一枚の用紙を示して見せた。

「さて、問題はここからでしてね。今回の〝敵〟は我々を挑発してきました……」

用紙を広げる。

「吊り下がった社員全員の首吊り死体を見て驚く〝我々〟にね、この〝敵〟はFAXを送り付けてきました。ですがこのFAXが問題でした」

FAX用紙に、文字が書いてある。

『〝大迫栄一郎〟ハ何者ニモ殺サレナイ』

そう辛うじて判別できる、ひどく歪んだ文字が、そこには書き殴られていた。見詰めれば眩暈を起こしそうな、特有の歪みを持った文字だ。気のせいか悪意さえ感じる、その妙に病的な文字。

「あっ――――」

思わず、武巳は声を上げていた。

強く捩れ、歪んだその文字は、見覚えのあるものだった。

忘れもしない、古い魔道書の中から見付かったメモ。歩由実の兄の机から出て来た本に挟まれていた、あのメモに書かれた、不気味な文字と、その癖は全く同じものだった。

「……どうしましたか？」

芳賀が訝しげな顔をした。

慌てて口を覆ったが、もう遅かった。

皆の方を見ると、亜紀に睨まれた。そしてその直後、亜紀と空目が何か意味ありげに視線を交わした。

「何か知っているようですね」

芳賀が言った。言われて、亜紀が仕方なく例のメモを取り出す。

一瞥して、芳賀が呻いた。

「これは――――」

「この家で見付けたんです」

亜紀の説明に、芳賀が頷いた。

「そうですか、なら話が早い。これは恐らく、大迫栄一郎本人の肉筆のメモです」

「……は？」

「大迫栄一郎の筆跡なんですよ、これは。左目の弱視のせいか、ただの悪筆か知りませんが、彼の文字は特有の歪み方をしてるんです。彼の直筆の原稿を入手して判った事です」

取り出されたコピーは、原稿用紙のものだった。確かにそのマスの中には、凹面鏡に映したように歪んだ文字が書き込まれていた。真似るのも難しいほど奇っ怪な文字。それが両目の激しい視差のせいだと言うなら、思わず納得してしまいそうな。

武巳は呟いた。

「つまり……大迫栄一郎は、生きてる？」

芳賀が鼻で笑った。

「馬鹿を言ってはいけません」

「でも……」

「現在に書かれたものでなくてもいいでしょう。生前に書いたものさえ残っていれば、それを使ってそれらしいＦＡＸを送る事くらいはできます」

「あ、そうか……」

「問題は誰がこんな事をしているかですよ。出版社での手口を見るに、この〝異存在〟は憑依型と考えられます。知識を媒介に人間の精神に入り込み、その行動を操作するタイプです。

類型としては〝狐憑き〟や〝悪魔憑き〟がこれに当たる。このタイプの〝異存在〟は実体を持たないので、それ単体ではＦＡＸなど送れません。他に操られている人間が居るんです。

もちろん物理的な送信なしに、直接『超常現象』で電話やＦＡＸが送信されて来るという事例はあります。ですが、その場合は受信者が直接的な〝被害者〟でなければなりません。受け手が〝チャンネル〟でなければ超常的な受信は成立しません。あの場に居たのは〝我々〟だけで、対策によって〝異障〟への感受性を下げている〝我々〟が感染している確率は極めて低いので、誰か別の感染者が居るという事になります」

自身で自覚しているかは判らないが、他に操られている人間が存在する。芳賀はそのように説明する。

「現在、最も可能性が高かったのは歩由実さんだったのですが……」

「起こったのが昨日の夜中である以上、恐らく違う、と」

空目がその結論を先取りして言う。

「昨夜、ずっと木戸野と日下部に見張られ、超常現象に晒されていた先輩がＦＡＸを送信する事はできない」

「そうです。この家の電話はＦＡＸ機だったのも、可能性を高めていたのですが」

頷く芳賀。

「しかし、いずれにせよ――なぜ〝大迫栄一郎〟なのか、ですね。その名を騙る信奉者か何かが居るのでしょうか」

芳賀は続ける。

「生前に喚び出した〝異存在〟が――つまり『使い魔』とでも言うべきものが――今になって活性化したのかも知れません。何か大迫栄一郎に関わる目的があるかも知れない、とまでは言いませんが、どこかで〝彼〟とは繋がる筈です。元の『物語』が歪んで、怪談に別の要素が入り込む事は実際よくあります。

単なるオカルト信奉者が魔術や怪談にかぶれた挙句、そのうち〝異存在〟に取り込まれるという事例も多くあります。大迫栄一郎の著作には〝本物の〟怪話が含まれていましたから、ともすると大迫自身も、いま追っているのと同じ〝異存在〟の影響によって首吊り自殺したのかも知れません。と、すると――」

そこまで言った芳賀の言葉を、空目が引き取る。

「――『奈良梨取考』は、その〝怪異〟についての危険な描写が含まれた本である可能性が、極めて高い」

「その通りです」

難しい表情で、芳賀は肯定した。

「大迫摩津方は、その〝異存在〟に〝感染〟し、その〝物語〟を『奈良梨取考』に書き残して自殺した。その〝物語〟が書かれた原稿はどこかに眠っていたが、何者かが発見して出版、再び世に出た……」

芳賀は考え込む。

その時、亜紀と空目が、顔を見合わせた。一瞬、亜紀はひどく厳しい表情をし、空目は無感動ながら目を細め、互いに小さく頷いた。その一瞬だけで、二人は素知らぬ風に戻った。

そこでどんな意思が交わされたのかは、武巳には全く判らなかった。

興味はあったが、芳賀の目の前で聞く訳にはいかない。

後で訊こうと、話し合いが終わるのを待つ。

話し合いは、やがて終わる。この先どうすればいいかという検討がされ、その検討を元に、それぞれに役目が割り振られる……

「あ」

そして結局、武巳はそれを聞きそびれた。

すっかり忘れて、皆が出て行ってから思い出した。

「うあー……」

武巳は意味もなく唸(うな)る。終わってみると山積みの謎だけが、武巳の頭の中に残っていた。

訊く相手が居ないので、自分で考えるしかない。だが考えれば考えるほど、いくつもの思考が枝分かれし、絡み合い、結局何も考えていないのと同じ事になった。

漫然と、武巳は過ごした。

何も、結論は出なかった。

八章 翳り（かげ）の枝

1

その日の午後、村神俊也は空目と共に学校に居た。

白昼と言っていい時刻。ひっそりとした学校に、四人はやって来ていた。

俊也に空目、亜紀にあやめ。

四人はそれぞれ役目を持って、ここに来ている。と言っても、この時点で役目がはっきりとしているのは亜紀だけだ。亜紀はこのまま図書館へ行き、いくつかの調べものをする役目を負っていた。

では俊也はと言うと――――今のところ空目に付いて来ているだけに過ぎない。

「村神、少し付き合ってくれ」

そう空目が言い、俊也は承諾した。空目とあやめと、三人で静かな廊下を歩く。

この時点では、俊也は何も知らされていない。俊也も別に、訊く事はしていない。信用しているのとは、少し違った。

これは〝慣れ〟のようなものだった。

空目が説明しない事は、そのうち判る事なのだ。そうでないなら、空目が話す必要なしと判断したかだ。訊けば教えてくれるだろうが、前者ならば訊いても時間の無駄だ。そして後者なら、もっと時間の無駄になる。

そのうち判るなら余計な会話をする必要は無いし、後者だったとしても今回は空目の思惑に興味が無かった。今のところ、知っておかなければ命に関わるような、差し迫った疑問は特に無い。

無用な会話をする必要は無かった。普段も二人で居る時は、俊也も空目も大して口を利かない。傍(はた)から見ると二人は友達には見えないかも知れないが、会話しなければ維持できないような関係の方が俊也にとっては疑問だ。

空目は話し出すと長いが、それは空目の頭の中には奔流のような知識と思考が詰まっているせいだ。話しかけなければ、空目はどこまでも寡黙に終わる。

黙って、三人は歩いていた。

ゆっくりと歩く俊也の前で、あやめが小走りに空目の後を追っていた。

「……」

やがて渡り廊下が見えるに至って、俊也は空目の目的地に気付く。空目は明らかに、中庭に向かっている。

「〝魔女〟か？」

歩きながら、俊也は訊ねた。

瞬間、あやめがびくりと動きを止め、立ち止まった。

「ああ」

振り向きも立ち止まりもせず、空目は答える。

俊也もそれだけ確認すると、そのまま何も言わずに歩き続ける。

あやめが二人に置いて行かれ、親に遅れた子供のように、慌てて空目の背中へと駆けた。

中庭の渡り廊下に出て、俊也は〝魔女〟の姿を探して、陽光に包まれた中庭を、目を細めて眺めやった。

＊

――誰も居ない中庭に、〝魔女〟は立っていた。

緑の築山を前にして、硝子色に揺蕩う池を臨み、抜けるように蒼い空を見上げながら、〝魔女〟はまるで、そこが自らの王国であるかのように、ただ一人で立っていた。

それは異常者の日常。

この学校の者なら、誰もが一度は見ている光景。

だが誰も居ない休日にも同じ光景が存在する事を、事実として知っている者は少ない。

あまりにもそれらしすぎる噂の真実を、確かめようなどと思う者は誰も居ない。

〝魔女の座〟。

かつてこの場所を、誰かがそう呼んだという。

その詩的な形容が、この光景に充分相応しいものである事は、詩情に疎い俊也にも解る。だがこれは定着する事は無かった。定着しなかった理由は簡単で、異端者である〝魔女〟を形容するには、その呼び名はあまりにも好意的に過ぎたのだ。

この学校で〝魔女〟の名が持つのは、もっと侮蔑的で不可触的な意味だ。

いかに見た目が綺麗であっても、綺麗な表現をされると誰もが違和感を覚え、拒絶する。

「……」

飽く事なく空を眺める少女の、その背後に俊也は立った。

すると〝魔女〟はそれを待っていたかのように、ひどく自然な動作で振り向いた。

「こんにちは、〝シェーファーフント〟君」

そしてにっこりと、その顔に透明な笑みを浮かべる。

「〝影〟の人も〝神隠し〟さんも、こんにちは。待ってたんだよ？　今、あなた達は〝魔女〟の託宣が必要なんでしょ？」

そして俊也達の言葉も待たず、そう言って目を細めた。

俊也は横の空目に視線をやり、一歩下がった。

今日の俊也はあくまで付き人であり、俊也自身が詠子に用がある訳では無かった。

だが詠子に会いに来た、空目の用件は想像が付いた。いま詠子に用があるとすれば、稜子の件しか考えられなかったのだ。

昨日、稜子に何を言い、どういうつもりだったか、問い質す。

それ以外、詠子への用件など思い付かない。

詠子の〝透見〟能力に頼るという選択肢もあったが、何故だか空目はそれを避けているようだった。俊也の認識では他人事で、そう差し迫っている訳でも無い、今の段階でその選択肢は無いと考える。

「……」

無言で空目が、詠子の前に進み出た。

「用事はなあに？」

空目の方を見て、詠子が小首を傾げた。その詠子を、空目が無表情に見やった。意味ありげに詠子の表情を観察した。

そうして、空目はようやく口を開く。

「——確認させてもらう」

そう言って、詠子に問いかける。

ところが、そこで空目の発した問いは、俊也が予想していないものだった。

「確認させてもらう。いま俺達が関わっている事件は、お前の仕業なのか？」

空目は詠子を真っ直ぐに見つめ、はっきりとそう言ったのだ。

「——何？」

聞いた途端、俊也は思わず口にしていた。問いの意味が理解できなかった。

空目に目をやる。空目は詠子に、鋭い視線を投げかけている。

「……おい、どういう事だ？」

訊いたが、答えは無い。

空目の目は詠子に向けられたまま、微動だにしない。

「んー」

だが、そんな視線を前にして詠子は微笑(わら)った。

「そう思うのも無理ないけど、私は今回は無関係なんだよね……」

そして得体の知れない事を、詠子は言い出した。

今回は？どういう事なのかと俊也は眉を寄せる。そんな俊也を余所(よそ)に、空目と詠子は対峙する。

「信じろと？」

「信じて欲しいな」

「それは虫のいい話だな。今のところ最も〝黒〟に近いのがお前だ」

「そうだよねえ。昨日の今日だし、君とは袂(たもと)を分かったばっかりだからねえ……」

くすくすと、詠子は笑った。

「認めるのか？」

「まさか」

「説得力が皆無だ」

「うーん、前科者じゃ、しょうがないかな」

それこそ〝黒服〟を思わせる切り込み方をする空目に、対して談笑するように詠子は笑う。

だが、その答えの内容に、俊也は明らかに不穏なものを感じ取った。やり取りを聞くうち、見る見る心中に黒い疑念が湧き上がった。

「おい、空目……」

疑念は形にならぬまま、俊也に口を開かせる。

「まさか、十叶先輩は……」

「ああ、その通りだ」

そんな俊也に、空目は断言した。

「彼女こそが『呪いのFAX』の製作者だ。言われているような〝霊感少女〟などというあやふやなものでは無い、正真正銘の〝魔女〟だ」

「…………！」

さすがにその台詞には、俊也も絶句するしか無かった。思わず息を呑んで、俊也は詠子の姿を見詰めた。

目の前に居る小柄で華奢な少女。

その少女が浮かべる無邪気な微笑が、急に怪物じみたものに見え始める。

うそ寒い緊張が心臓を締め付ける。夏の暑さの所為では無い、冷たい汗が額を伝う。

「……………本当なのか？」

詠子を見詰めたまま、俊也は訊いた。

詠子から、視線を外せなかった。

視線を外す事に本能的な恐怖を感じたのだ。

喧嘩も、恐らくは殺し合いも恐れないだろう自分の声が、ひどく掠れているのを俊也は自覚していた。

「本当だ」

空目は言う。

「本人に確認済みだ」

それに応えて、詠子は微笑を浮かべて、自然体で頷く。

「彼女は俺達に好意的だが、この〝魔女〟の言う『好意』は彼女だけの異常な価値観に基づくものだ。彼女は俺を助け、木戸野を陥れ、同時に木戸野を助けてもいる。一貫性が見えず、理解不能な行動だ。その張本人が昨日、日下部にも接触した。

疑うなという方に無理がある。だから俺はこの〝魔女〟が信用できない。一体何の意味があるのか、何が目的なのか、全く解らない。現段階では、彼女を信用する事は、病的殺人者を信用するのに等しい」

断ずる。

「……！」

信じられなかった。俊也は、彼女の事は協力者であると思っていた。

世間の枠組から外れた、ハズレモノの協力者。だが、同時にそんな自分の中での彼女の評価に気付いた時、俊也は自分の中にある、そういったハズレモノに対して無条件でシンパシーを感じるという、癖のようなものも自覚せざるを得なかった。

空目に対してそうであるように、自分がそうであるように、俊也は『正常な』世間から外れざるを得ない人間に対してシンパシーがある。そういった人間を、無自覚に、心の底では仲間のように感じてしまう。

裏切られた、という、自分の中に浮かんだ感情を恥じた。

そしてそれを、かなぐり捨てた。

空目は沈黙し、詠子の言葉を待っていた。この期に及んでも詠子の態度は、何一つ変わらなかった。微笑を浮かべて、ひとつ、その細い肩を竦めた。

「……ひどいなあ。目的は教えてあげた筈だけど？」

「理解可能なものでは無い」

きっぱりと、空目は答える。

「それは君の心の問題だよ。まあ、いいけど。今はそんな事は、問題じゃないものね」

「ああ」

「とりあえず私が言える事は、いま君が関わっている『世界』は、私の世界じゃないよ。どちらかと言えば、〝彼〟は私の敵だもの。君達の上に広がっている枝は、私の趣味じゃないよ。私だったらこんな〝見立て〟じゃなくて、もっと綺麗なありのままの『世界』を作るよ。これじゃ〝向こう〟が可哀想だもの。〝向こう〟はこんなに歪められた姿じゃなくて、もっと自然な形で〝こちら〟に出てきたがっているのに――」

そこまで詠子が言った時、空目の目が細められた。

一瞬、傍らのあやめに目配せし、すぐに詠子に鋭い視線を戻した。それから空目は、低い声で問いかけた。

「……何を知っている？」

静かな恫喝を含んだ声。

「うーん……少しだけ、知ってるかな？」

対して、詠子は相変わらず何事も無いかのように答える。

「でも私は、〝知ってる〟よりも、〝視える〟ものの方が多いよ。きっとその〝神隠し〟さんよりはっきり見えてるんじゃないかなあ？　私には、犯人の〝彼〟が見えてるもの。あなたには、見えないでしょう？」

「あ……」

目を向けられたあやめが、きゅっ、と空目の袖を掴んだ。

「――――ねえ？」

詠子はあやめを覗き込む。

「〝神隠し〟さん、心が〝向こう〟を否定してたら、見えるものも見えないよ？」

「……！」

「人間が見てる世界なんて、心が望んでる形でしか見えないもの。もうあなたは〝向こう〟をありのままに見る事ができなくなってるでしょ？　私から見れば、あなたはもう限りなく人間だよ。心の形が私は見える。あなたはいつも、人間になろうとしてる。あなたの心はあまりにも強く人間を望んでいる。人だった時は〝風〟を望んでいたのに、風になったあなたは、また〝人間〟を望んでいる。だから――――

〝人の形を希む風〟

それが、あなたの魂のカタチ。本当は〝風〟だったのに、あなたは〝人〟だったのを思い出してしまった。でも体は風のまま。だから、あなたはとても危うい。存在を支えてもらわないと、すぐ霧散してしまう。だから、あなたはとても綺麗。脆くて儚いものは、みんなみんな綺麗だものね」

微笑ましげに。

「〝凪〟も〝硝子〟も、とても綺麗だものねえ……」

言いながら、詠子は俊也達を見回した。その微笑ましげな言い方に、微笑ましげに細められた目に、俊也は何故か、言い様の無い寒気を覚えた。

「…………！」

「ねえ、提案があるの」

そんな俊也の内心を知ってか知らずか、詠子は言った。

「私は君達がとても気に入ってるの。君達はみんな、凄く面白い魂のカタチをしてる。だからとってもとっても気に入ってるの。本当は、一人も死なせたくないと思ってるの」

「……」

「だからね、これは、提案――知る事を諦めたら、ぜんぶ私が何とかしてあげる。あなた達が抱えている全てを、この先に抱える全てを、然るべき時まで守ってあげる。その代わり、知る事は諦める。知る事は危険を、そして葛藤を呼び込む事だから。いちど知ってしまえば、もう私は守ってあげる事ができなくなる。私の『世界』じゃなくて、あなた達自身の『世界』になってしまうから。今なら、全部取り込めるよ。まだ無垢なあなた達の事情を、私の『世界』に取り込んであげる。今なら、まだ間に合う」

どう？　と詠子は微笑みかける。

理解不能な台詞。

それを言う詠子の表情は、愛おしげなものだった。

その表情に俊也が感じる、名状し難い不気味さ。全身の毛が逆立つ。詠子が〝敵〟である事を、俊也はこの時はっきりと認識する。

この少女こそが、実は最も狂った存在だった。

この〝魔女の座〟に立って、詠子は本当に透明に微笑んでいた。

そして気付く。この笑みが、たとえ、たったいま人を殺していたとしても、微塵も変わらないだろう事を。あまりに純粋な意志。あまりにも純粋な狂気。その純粋さ、透明さに、心の底から気圧される。

「…………！」

圧倒的な狂気を含んだ詠子の言葉が、中庭の景色を歪めた。

木々の緑が、池の藍が、空の光が、狂って見えた。

葉を茂らせた枝が手招きし、薮が生き物のように蠢く。池の表面がぬらりと蠕動し、雲は肉の塊のように空を這う。

全ての事象が、その『世界』では、意思と命を持っていた。

詠子を中央に、世界は昆虫のように純粋な意思に満たされ、蠢いていた。

空で、真っ白な雲が、ゆっくりと重なっていた。雲は、互いに重なって、単細胞生物のように、ゆっくりと互いを貪り喰らった。
すべてが、すべてが、狂って見えた。
何もかもが狂って見えた。
狂った〝魔女〟の王国だった。
握り締めた手のひらに、嫌な汗が滲んだ。

これは――――怪物だ。

こんな異常なモノは、存在してはいけない。
この存在は冒瀆だ。
人にとって、神にとって、世界にとっての、冒瀆だ。
危険だ。この存在は全てを狂わすものだ。
今ならやれる。いや、今しかない。
手遅れになる前に。
手遅れになる前に。
殺すのだ。
殺さなくては、ならない。

殺さなくては、
殺さなくては、
殺さなくては、
殺さなくては――――

「――断る」

その瞬間、はっ、と俊也は我に返った。
空目が一言発したその言葉が、一瞬にして俊也を現実に立ち戻らせた。
気が付くと、中庭が元の姿を取り戻していた。急に世界に、現実感が戻った。

俺は………何をしていたんだ？

呆然と、俊也は考えた。額に汗が伝い、動悸が激しかった。何かに捕らわれたように、全身の筋肉が緊張していた。
詠子は今まで通りに微笑み、そこに立っていた。
その姿は普通の少女のもので、恐怖も、狂気も、そこからは感じなかった。

全てが、白昼夢に思えた。

何もかもが気の所為だったような、そんな気がして来た。

俊也は、手で額の汗を拭う。

すると、ふと右の拳が握り締められているのに、俊也は気が付いた。

開こうとしたが、手が固まったように言う事を聞かなかった。右手の先が棒か石にでもなったように、緊張して感覚が無い。

揉みほぐすようにして、左手で指を引き剝がした。

それでも指が硬直し、小刻みな震えが止まらなかった。

「……行こう、村神」

空目が、きびすを返した。

それだけ言って、もと来た道へ戻ろうとした。

「おい、もういいのか？」

俊也は振り返って訊ねる。

「ああ。どうやら無関係のようだ」

空目は頷き、急かすようにさっさと歩み去る。

得心はいかなかったが、俊也は気にしながらも空目に続いた。すると背後から、詠子が声をかけてきた。

「残念。じゃあ……………またね」

そう聞こえたが、空目は一切耳を貸さなかった。俊也も、それに倣う。だが本当に無関係だとは、俊也にはどうしても思えなかった。

「……なあ、本当にいいのか？」

俊也は訊ねた。

「ああ。この件に関しては、本当に無関係のようだ」

空目は肯定しながらも、歩みを止めなかった。まるで少しでも早く、あそこから離れようとしているようだった。大股で、すたすたと廊下を戻って行く。

しばらく、無言で歩き続ける。

やがて充分に離れた所まで来ると、空目がぽつりと口を開いた。

「……村神」

「ん？」

「彼女は何かを知ってるようだが、彼女から情報を引き出そうなどと思うな」

そう言って空目は立ち止まり、俊也を振り返る。

「………わかった」

俊也は頷く。

納得はいかない。だが言われなくても、そんな気にはならなかった。

あの得体の知れない感覚が、胸の底に残っていた。あのままあそこに居続けたら、自分でも何をするか判らなかった。

少なくとも、詠子に殴りかかるくらいはしていたと思う。

何が起こったのか、全く判らなかった。

空目はそんな俊也を見上げ、しばらくじっと観察する。そしてやがて頷くと、元のように歩き始める。

その空目の背中に、俊也は問いかけた。

「俺は――――あの時、どうなっていたんだ？」

「あれが彼女の持つ、〝力〟だ」

空目は振り向かずに、そう答えた。

「究極的には、あらゆる言葉が、魔術師にとっては〝力ある言葉〟となる。魔術師の言う事に耳を貸すと、それだけで意識を侵蝕（しんしょく）される」

「…………」

「あれが〝魔女〟だ。その究極にして、正体」

空目は警告する。

「人の敵。神の敵。世界の敵。神が人に与えた試練。世界からの究極の異物」

「〝魔女〟か……」

なるほど、相対して思った。信心など持っていない俊也が、あれはあってはならないものだと思った。あれは世界に逆らうものだと。あれは神に逆らうものだと。絶対的に違う。相容れない〝存在〟を見て、神など信じていない俊也が、それを許さない〝存在〟としての神を望んだ。望まされた。

絶対的〝異物〟。

それに対する神は居ない。

何も頼れるものが無い事を、俊也は痛感していた。

この先『異界』に抵抗する手段を、俊也は何一つ持っていなかった。

2

その日の学校図書館は、数人の大学生を除いて殆ど利用者が居ない状態だった。

常に空調の音が聞こえるほどの静けさ。書架にも、閲覧室にも、人影らしい人影は無い。

広い建物の中にあるのは、ただ本の匂いが染みた空気。その空気を、空調が、ただ無為に掻き混ぜている。

——木戸野亜紀にとって、その静寂は心地良いものだった。

もともと亜紀は、喧騒（けんそう）が嫌いな性格だった。

小さな頃から、孤独や沈黙を大いに好む傾向。その亜紀にとっては、周りに人間が居ないというのは心休まる状態だった。

図書館というのも、また良い。

本の匂いが、亜紀は好きだった。

図書館や書店に特有の、読書人には馴染（なじ）んだ紙の匂いは、書痴に片足が入っているだろう亜紀にとっては精神安定剤に近いものだ。図書館や書店に入ると、亜紀はふと心が落ち着く自分を感じるのだ。

「ふう……」

そんな亜紀は、溜息を吐く。

図書館の一角。誰も居ないのをいい事に四人がけの席を占領し、亜紀は大量の本を出して来て、そこへと広げていた。

亜紀が自分の楽しみのために来ていたのなら、笑みの一つでも浮かべていただろう。だが今の亜紀は自分のためではない調べ物をしに、ここに来ているのだ。

調べ物の内容は他でも無い。

今ここには『昔話』『伝説』『怪談』『都市伝説』——それらの専門書や研究書、単なる読み物まで、玉石交えて見付ける端から出して来て、相当数が積み上げられ、あるいは広げられていたのだった。

今朝の、空目の言葉。

『やはり気になるのは〝奈良梨取り〟だな——後は〝本〟と〝首吊り〟に関する怪談の類か。調べて欲しいのはその辺りだ。今はヒントでもいいから情報が必要だ』

それを受けて、亜紀はここに来ていた。

もう三時間以上、亜紀は本へと目を通し続けている。休み無しの、ぶっ続けでだ。

それでも、役に立ちそうな話はなかなか見付からない。本が好きでなければ、とっくに亜紀は音を上げていただろう。眼鏡のかけ続けで、さすがに目が疲れ始めていた。成果の無い状況では悔しいが、そろそろ休憩が必要だろう。

「……どうかな？　調べ物は進んでる？」

亜紀が目を押さえていると、声をかけられた。

顔を上げると、水方が何冊かの本を抱えて、こちらにやって来る所だった。

「いえ、全然です」

亜紀は苦笑まじりに、そう答える。実際、現時点で収穫と言えるものは一つも無かった。水方はそれを聞いて笑う。

「そうか……大変だねえ」

そうして亜紀のテーブルに、抱えて来た本を置いた。実はこの席に集められている本は、半分ほどが水方に見つけて貰ったものだ。閉架に収められている本などを、水方に探して持って来て貰っていたのだ。

「はい、これ。一応、ざっと調べた感じでは、これで全部だと思うよ」

「すいません」

礼を言って、亜紀は苦笑い気味に微笑む。まだ全く目を通していない本も相当ある。自分では判らないが、もしかすると相当に疲れた顔になっていたかも知れない。

「いやいや」

水方も笑顔で頷く。本当に気さくな先生だ。

実際、水方のおかげで大分助かっているのだ。図書館の主の名は伊達では無かった。

「怪談に、昔話、と……」

水方は積み上げられた本を見て、呟く。

「訊いてもいい？　何のために調べてるの？」

興味深そうに、水方。当然だろう。何しろ〝怪談〟と〝昔話〟だ。やや奇妙な取り合わせの上、単なる興味で調べているにしては分量が尋常では無かった。それが亜紀でも、興味くらいは持つだろう。

「小説の題材にするんです」

さらりと、亜紀は答えた。

これは前もって用意していた答えだった。

まさか本当の事を言う訳にもいかなかった。本当の理由はこうなる。

『あなたの娘の命が危ないから、昔話や怪談を調べている』

そんな事を言おうものなら、その場で異常者決定だ。間違ってもそんな事は言えない。だからこそ偽の答えを用意していた。

「へえ、小説」

当然だが、水方は亜紀の答えを疑わなかった。

「文芸部の？」

「ええ、義務ですからね。会誌に載せるのが」

亜紀は平然と頷いて言う。これ自体は本当で、間違っていない。

「ああ、確か稜子ちゃんも、そんなこと言ってたなあ……」

「でしょうね」

「あの会誌は分厚いもんねえ」

「そうなんですよ」

「大変だねえ」

笑って頷きを返し、亜紀は眼鏡をかけ直す。

昨日から、水方には嘘ばかり言っていた。もともと善人のつもりはないが、すっかり気分的に悪人になった気がする。

「なるほど、それで怪談ね……」

そんな亜紀の内心を余所に、水方は亜紀の読んでいる本に目をやった。

「怪談についての専門書、最近は増えたけど昔のは少ないんだよね……下手すると、まともな学問として扱われなかった時代もあるからねえ」

亜紀の開いていたのは、そんな本の一つだ。学校の怪談を集めたもので、それを伝承の一分野として扱っている。

近代になって、そういったものが民俗学辺りで取り上げられるようになった。もっと俗悪な物なら数も多いが、そんなタイプの本は、ここのような大学と高校の附属図書館では、取り扱いの専門外だ。

そんな訳で、怪談に関しては本の数自体がそれほど見付かっていない。

「ええ、全然ダメですね」

亜紀は溜息を吐く。このままでは、疲れるだけで終わってしまいそうだ。

「何か面白い怪談、無いですか？　本にまつわるものとか」

話半分で訊いてみた。今まで膨大な数の本を扱ってきた図書館の主なら、噂話の一つくらいは知っているかも知れない。

「本の怪談ねえ……」

水方は首を捻る。

「ええ。司書とかやってるとありませんか？　この本を読むと呪われる、とか」

言ってみる亜紀。水方は笑って答える。

「いやあ、全然ないよ。そういうのは」

ぱたぱたと手を振った。

「そんなこと言ってたら仕事ができないよ」

「まあ確かにそうですね……」

もっともな事だ。だが、亜紀としては別の思惑が無いでもなかった。本を読んでいて、こういう例も見付けた。

「でも、『博物館』なんかじゃ噂になるみたいですよ？」

その本のページを指し示して、言う。

「この本にありますよ」

「へえ、そうなの？」

亜紀の差し出した本に、水方は眼鏡の位置を直して、目を通した。

「…………ああ、ほんとだ」

そして、頷く。

それはフォークロアの研究者による『都市伝説』を集めたアンソロジーだった。それに博物館の怪談が、丸々一章、五十ページほどを使って紹介されていたのだ。

曰く、

収蔵庫の中で聞こえる赤ちゃんの声。

収蔵庫に現れる白い人影。

撮影すると心霊写真になる、外国の花嫁衣裳。

その他、触れると祟りを為す、呪われた展示品など――

そんな話が、学芸員などから採集した話として、数十例。〝博物館の怪談〟として、一ジャンルを形成している。

こうしてみると、博物館というのはいかにも不気味な場所だ。特有の静けさと、時には猟奇趣味とも取れる展示品は、いかにもいわくありげに見える。

だが、よくよく考えると、これは何も博物館に限った話では無いのだ。

学校や、病院と、実は同じなのだ。

こういった公共施設には、必ずと言っていいほど、この種の怪談は付いて回る。この話はあくまで、そんな同種の話の中でたまたま博物館だったという、それだけの話。

そして――――『博物館』にあるなら、『図書館』にもあるかも知れない。

そう思って訊いた。ようやく水方は、しばらく考えて、はたと手を打った。

「ああ……なるほどね。そうだ、思い出した。忘れてたけど、言われてみれば、図書館にもそんな噂があったよ」

水方は言った。

「本当ですか!?」

「うん、言われてみれば、聞いた事があるよ。そう、確か――――〝図書館にまつわる三つの約束事〟――――だったかな?」

聞いて亜紀は首を傾げた。まるで小学生のマナー標語のようだった。

「約束事、ですか？」

「そう」

頷く水方。

「何でも図書館の本には、むやみにやっちゃいけない約束事があるって話だ」

そう言って、思い出そうと額に手をやった。

そして曰く――――

〝図書館の本にまつわる、三つの約束事〟

ひとつ。貸出禁止の本は、読んではいけない。呪われた本が混じっている。

ふたつ。著者の死後に書かれた本は、読んではいけない。死後の世界に引き込まれる。

みっつ。本を読んでいる時、後ろを振り返ってはいけない。そこには死者が立っている。

「――――こんな感じだったかな？」

少し自信なさそうに水方。それを聞いた途端、亜紀は首を捻った。

「……？」

その話は、どこかで聞いた覚えがあったのだ。しかし、どこで聞いた話なのか、思い出せなかった。

噂の類だと思うが、正確では無い。

その上、亜紀は内心で動揺していた。あまりにも符合する点が多かったからだ。

貸出禁止の本。

そして、著者の死後に出された本。

そんな本には――覚えがあった。

あの『奈良梨取考』が、まさにそれだった。

「参考になった？」

「……………あ、えっと……あ、はい」

「それは良かった」

水方は笑った。水方にはお世話になりっ放しだ。参考になった。それどころか、感謝しても足りないくらいだった。本から噂から、今日は水方には何もしていないに等しい。

亜紀は何もしていないに等しい。

完全に水方のおかげだ。

「じゃあ、僕は戻るから」

水方は立ち上がる。

「あ、面白いお話、ありがとうございました」

「いえいえ」

お礼を言う亜紀に、笑って手を振る水方。そこで、急に水方は思い出したように、はたと動きを止めた。

「…………ああ、そうだ」

そう呟いて、水方は先程積んだ本から、一冊を引っ張り出した。

そして言う。

「忘れる所だった。木戸野さん、今日はこの後、稜子ちゃんには会うよね？」

「……え？　あ、はい。会いますよ」

「じゃあさ、この本、渡してあげてくれる？」

水方は手にした本を、亜紀へと差し出した。

「あ、いいですよ」

と亜紀は本を受け取り——————今度こそ本当に、鳥肌が立った。

『奈良梨取考』

その表紙には黒々と、そう題名が記されていたのだ。

「これ……！」

震える寸前の手で、亜紀は本を引き寄せる。それは本と言うよりも、冊子と呼んだ方がいい厚さの本だ。

薄くて滑らかな、白革の表紙。墨痕鮮やかな、墨色の題書き。

それは確かに、稜子から聞いていた通りの姿だった。そして貼ったばかりと思しきこの図書館の真新しい分類票が、背表紙に貼られていた。

しかし——この異様な印象は、どういう事だろうか。

手に触れた表紙の革が、まるで人間の肌のような手触りだった。冷たい、死体の肌に触れたような感触に、悪夢的な嫌悪感が全身を駆け抜けた。だが、いくら驚いたとはいえ、手を離す訳にもいかない。しっかり受け取って摑んだが、摑み返されているような感触がして、気味が悪い。

それが錯覚である事は、間違い無い。

その証拠に、水方は気にもしていない。

「稜子ちゃんが探してたみたいだから、特別に急いで取り寄せたんだよ」

そう、水方は何も感じていない様子で言う。

「これは……どこで？」

「どこって、問屋さんだよ。うちの出入りの」

思わず言った亜紀の言葉に、水方は不思議そうに答える。

「どうかした？」

「いえ……何でも無いです」

「そう？　で、これだけどさ、キミが持って行って上げてくれないかな。稜子ちゃんも早く読みたいと思うし」

言う水方に、殆ど何も考えられずに亜紀は返事をした。

「あ……はい」

「特別だよ？　この本、まだ目録にも入ってないの。君達を信用して僕の独断。あ、今日も稜子ちゃん達、ウチに泊まるんでしょう？」

しーっ、と口元で人差し指を立てて、悪戯っ子のように水方は笑う。亜紀はそんな水方の話を、耳では聞いていたが、内心はそれどころでは無かった。

国の秘密機関が見付けられなかった本が――――今まさに、手元にあるのだ。

そしてこれは、呪われた本だった。

稜子の姉と歩由実の兄を殺し、今まさに歩由実を殺そうとしている『首吊りの書』。

それを亜紀は手にしている。その事実に、毛穴が縮むほどの緊張が、亜紀の皮膚から染み込んで来る。

「じゃあ、お願いするね？」

「あ…………はい、分かりました」

「ごめんね、頼んだよ」

そう言うと、水方は去って行く。

だが、亜紀はもう、そちらを見ていない。目の前に呪われた冊子を置き、その表題を、睨むようにして凝視していた。撫でるとやはり、手触りは死体。

「……」

思い切って、裏表紙を捲った。

稜子の言っていた『禁帯出』印は、そこには無かった。

表に返した。

じっと、眺める。

中を読もうか、躊躇した。

読んだ時、どうなるか判らなかった。

二人の人間が首を吊ったという事実が、恐ろしく重い不安となって心臓の辺りを鷲掴みしていた。自分の呼吸の音が、何より大きく耳に響いていた。

ふいごのように、自分の胸が上下している。

心臓の辺りに、胸を圧迫する感覚。

自分の首に紐が巻き付き、それに吊り上げられるイメージがよぎった。

細い紐が頸へと食い込み、気道を潰し、頸動脈を絞める。そんな感覚が想像され、喉の辺りに不快感が纏わり付く。

ありもしない唾を、思わず飲み込んだ。

空気がごろりと、喉を通って胃へ落ちて行った。


「…………」


覚悟を決めた。

微かに震える手で、表紙の端を摘んだ。

『貸出禁止の呪いの本』

『著者の死後に、書かれた本』

それを持つ指に、力を込めた。

表紙が捲れ、その下の序文が、顔を出した。

その瞬間——

突如、閲覧室の全ての照明が落ちた。

そして、ぬう、と背後から白い手が伸びて来て、亜紀の手首を掴んだ。

「——————っ!!」

悲鳴にもならなかった。死人のような冷たい感触に、そこから一瞬にして、全身に寒気が広がった。

思わず反射的に、後ろを振り向こうとした。

だが、その刹那、警告が脳裏をよぎる。

『本を読んでいる途中、後ろを振り向いてはいけない』

ぎょっとなって、動きが止まった。

背後から腕を掴まれたまま、体が硬直した。目を見開き、合わない歯の根を鳴らしながら、自分の手首を摑んだ、白い手を見詰めた。

「…………………………!!」

白い冊子が、薄暗闇の中に浮かんでいる。

亜紀の手がそれを押さえ、病的に白い手が、さらにその手首を摑んでいる。

その手の持ち主が、ずる、といつの間にか後ろに立っていた。人の気配、いや、到底人間のものでは無い、体温の無い気配が、背中にあった。

何かが、そこに立っている。

すぐ後ろに、人の形をしたモノが立っている。

ひしり、と人の形をした黒いものが、覆い被さるように立っている。どっ、と背中に、冷たい汗が流れる。

よぎる――――〝死〟。

恐怖。振り向けば死ぬかも知れない、不確定な恐怖が、胸に広がる。

その恐怖が、かえって振り向こうとする欲求を、爆発させた。無意識に振り向こうとする頭を、必死に理性で押し留めた。

振り向いたら死ぬ。

振り向いたら死ぬ。

必死で言い聞かせて抵抗する。

手首を摑んだ白い手は、氷のように冷たく、微動だにしない。

……その時、ふと、背後の闇が嗤(ワラ)った。

「――警句を守る意思はあるようだね」

耳元で、笑みを含んだ、暗鬱な声が囁いた。

その声を聞いた途端、背後の闇の気配が一人の人間の形へと集約した。

亜紀に覆い被さるように立つ、黒衣の男。

夜色の外套が、小さな丸眼鏡が、漆黒の長髪が、形を取る。

正面を見る亜紀の視界に、『彼』は入っていなかった。だが、目に見えているのと殆ど変わりがない、絶対的な気配をもって、『彼』はそこに立っていた。

その細部、一挙手一投足まで脳裏に描かせるほど、濃密な存在感。

その間違えようの無い、漆黒の気配。

「…………神野陰之……」

亜紀は呟いた。

それに応えるように、神野はくつくつと暗鬱に笑みを洩らした。

3

薄暗闇の、図書館の閲覧室。

その中で、亜紀は竦んだように動けないでいた。

亜紀の背後を覆うように、神野が立っていた。冊子を持った亜紀の手を、その病的に白い手が摑んでいる。

視界の端に、まるで漆黒の翼のような夜色の外套。

そのまま数秒の、しかし永遠とも思える時間が過ぎる。

やがて、神野は囁いた。

「止めておきたまえ」

「……!」

瞬間、亜紀の背筋に激しい怖気が走った。その甘い、纏わり付くような声が、どろりと粘性を帯びて耳の中を流れたのだ。その異様な感覚に、生理的な悪寒が駆け巡る。

「警告しよう……」

神野は言った。

「この書物は、決して君の為にはならないものだ……」

神野はそう言って、ゆっくりと亜紀の手を、白い冊子の上から除けた。

神野に掴まれたまま、手は無抵抗に冊子から離れる。その腕は指先の一本まで、ぴくりとも動かない。

亜紀は抵抗しようとした。

が、できなかった。

気が付けば体中、全く力が入らなかった。

身体が無くなっているかのように、全身の感覚が失われていた。

まるで自分の意識が、脳に閉じ込められたようだ。

見える、聞こえる、嗅げる。ただ頭だけが、自分の体の全て。

不自由で異常な感覚に、激しい恐怖が膨れ上がった。だが総動員した理性で、その恐怖を抑え込んだ。

ここで錯乱してはならなかった。

唯一にして最大の手掛かりが、いま亜紀の手から奪われようとしているのだ。

ただ一つ、自由に動く器官が亜紀には残されていた。

それを使って、亜紀は唯一の行動に出る。

「……何のつもりですか？」

亜紀は言った。

「それは唯一の手掛かりなんです。邪魔しないでくれませんかね……」

ただ一つ動かせる器官、口を使って、亜紀は神野に向かってそう言葉を発した。

声は微かに震えていたが、それでも声が出た事に亜紀は安心した。そんな亜紀に、ほう、と神野は感嘆の声を洩らす。

「大したものだ。冷静のようだね」

神野は言った。

亜紀は答える。

「……そんな事はどうでもいいです」

押し殺したような声を、神野へと向けた。

何のつもりか知らないが、冊子を奪われる訳にはいかなかった。精一杯の敵意を、亜紀は言葉に込めた。

「どういうつもり、なんですか？」

亜紀は詰問する。

「どういうつもりも無い。ただ君の持つ『願望（のぞみ）』のため、それに応えた『私』が、介入しようと言うのだよ」

神野は答え、そう、笑った。

「……私の望み？」

「その通り」

「へえ、私には、邪魔をされているようにしか思えませんね……」

亜紀は言って、目元に険を浮かべる。

だが、

「そんな事は無い」

神野は断言した。

「君の『願望』は、君がいま思い浮かべている些細なものでは無いよ。君が絶対的に持っている『願望』は――――その自我が何者にも侵されない事だ」

「!?」

その答えに、亜紀は完全に絶句した。

「〝愚か者達に揺るがされない自我を〟。その『願望』は、君の人格の殆どを規定しているほど強いものだ。そして『私』の介入を呼び込むほど、君はその『願望』に囚われている。君は何よりもそれを望み、そのエゴは祝福されるに足るほどに強い。そして『私』は、それを護る者でもある。もう一度言おう。止めておきたまえ。その〝本〟の形をしたモノは明らかに君の自我を害するものだ。〝それ〟はそのために作られた。読めば必ずや、君はそうなる。

失われる『命』など、〝それ〟にとっては二義的なものだ。その〝本〟の本質は、『魂』を奪うものだ。君にとって、それは死よりも忌むべき結果ではないかね？　君が君で無くなる事は、何よりも君にとって恐ろしい事ではないかね？」

「…………！」

「〝それ〟は君にとって、何より致命的な悪夢の顕現の筈だ。近付くのは、得策とは言えないね。悪い事は言わない。止めておきたまえ。君が危険を冒さずとも、いずれは君達の〝王〟は結論に辿り着くだろう……」

そう、舐めるように神野は言葉を紡いだ。亜紀は呆然と聞いていたが、その言葉の中に決定的なものが混じっている事に気付いた。

「……魂を奪うもの？」

思わず、亜紀は呟いた。

「あなたは〝これ〟が――――『奈良梨取考』が何なのか、知ってるんですか？」

目の前にある冊子を見据え、亜紀は鋭く、神野に問いを投げかけた。

くつくつと、神野は笑う。そして静かに、答えを返す。

「勿論だとも」

「！」

「だが、君に教える訳にはいかないね……」

そう言うと、神野は冊子をその手へと取り上げた。

「……何故？」

掠れた声で、訊ねる亜紀。

神野は片手で、冊子を弄ぶ。

「それを知るには、君では『願望』が足りないからだよ」

そして、たったそれだけの理由で片付ける。

「『私』にとってはそれが全てだ。この〝本〟の持つ『願望』に、知ろうとする君の意思は全く足りない。だが現実として、君にこの〝本〟は渡ってしまった。ならば——君の手に渡ってしまった〝これ〟は、存在しない方がいい」

「！」

その言葉と同時に、冊子は分解して、ばらばらの紙になって周囲に舞った。

飛び散った紙は音も立てず宙を舞い、舞うごとに形が崩れ、より細かい紙吹雪へと変わって行った。紙吹雪はさらに分解し、やがて塵のようになり、灰色の薄闇の中を、白く雪のように降った。

室内に降る、雪。

一瞬、亜紀はその幻想的な光景に、幻惑される。

紙でできた雪は粉雪となって、ちらちらと室内を舞う。

しばしの間、雪は舞い降り——やがて本物の雪がそうであるように、空気の中へと融(と)けて消えた。

「さて……」

冊子が消え去ると、神野は改めて笑みを浮かべた。

「残念ながら、今の出来事は、君には忘れて貰わなければならない」

「な……」

亜紀は戦慄する。『彼』にそれができる事は容易に想像が付いたし、これを忘れる事は、また調査が振り出しに戻る事に等しかったからだ。

「どうして……？」

「君の為の〝本〟が失われた以上、君は〝彼〟について知る資格を失った事になるからだ。資格の無い者が知り過ぎる事を、残念ながら〝彼〟は好まないのだよ」

憐(あわ)れむように、そして嬲(なぶ)るように、神野は言った。

「〝彼〟？」

「そう。〝彼〟だ。全ては一人の魔道士の願望から『物語』は始まっているのだ。〝書く〟事によって人を超えようとした、これは一つの妄執の物語——だからこそ、このような『私』の介入という形で知って貰う訳にはいかない。〝彼〟について知る事は、確実に〝彼〟の

『願望』を阻む事にも繋がるのだからね」

「……！」

亜紀は歯噛みするような思いに駆られる。ここまで知らされながら、これから全てを手放さなければならない。

「私は〝叶える者〟にして〝すべての善と悪の肯定者〟」

神野は謳うように言った。

「あらゆる願望は、人間の願望自身の手によって阻まれなければならない。君達は、あくまでも君達の手によって〝彼〟を探し出したまえ。〝彼〟の最後の『物語』はまだ残っていて、物語とは、資格のある者によって紡がれるべきものなのだから……」

そして神野の言葉の終わりと同時に、亜紀の意識が黒い靄に呑み込まれ――

＊

ふと、亜紀は閲覧室で目を覚ました。

どうやら疲れ目を擦るうち、居眠りをしたらしかった。

亜紀は一人、眉を顰めた。そして元のように、山のような書籍に目を通す作業を、黙々と再開した。

九章　来れる夜

1

武巳を居間に置いたまま、かれこれ四時間。

稜子は歩由実の部屋で、朝からずっと、歩由実だけと顔を突き合わせていた。

歩由実がベッドに座り、稜子が机の椅子に座っていた。そしてそのまま、互いに俯き黙っている。

お互い、何も言わなかった。

歩由実は、すっかり疲弊していた。

ショートの髪は所々がほつれ、顔色も昨日より目に見えて悪くなっていた。疲労と緊張で、その表情はまさに重病人のものだ。

深くベッドに座ったまま下を向き、ほとんど身じろぎすらしない。

その様子は、痛々しいを通り越して鬼気迫るほどだ。

それでも歩由実は朝からずっと、今の今まで、一言も泣き言を言わなかった。それどころか皆の前——特に水方の前に出ると、どこからその活力を搾り出しているのだろうか、急に元気に振る舞うのだ。

水方に、父親に気付かれたくない、その一心の、精神力。

だが、そのたびに歩由実は、陰で明らかに壊れて行った。やつれ、疲弊し、その〝何でも無い振り〟のために命を削っていた。傍から見ていると手に取るように判った。どうしてそこまでするのか、稜子には理解できなかった。

とにかく、そのために、今の歩由実はこの通りだ。

疲弊し尽くし、話しかければ答えるが、決して稜子の方を見ない。

視線を動かすのを、歩由実は恐れていた。

やはり〝視える〟らしいのだ。歩由実が生活している時、何もない場所で「はっ」と立ちすくむような場面に、今まで稜子は何度も出会っていた。話していて、急に歩由実の表情が強張る事など、もう数え切れない。

水方の前ではない歩由実は、明らかに怯えていた。

だが、その怯えを取り除いてやれる手段を、稜子は持っていなかった。

せいぜい折りに触れ、話しかける程度だ。頼りにならないこと甚だしいが、だからと言って放っておく事もできない。

とは言え、何かあった時に、稜子が役に立てるかは疑問だ。

昨日の夜も、稜子は狼狽えるばかりで、何もできなかった。

歩由実の前では言えないが、稜子は一人だという事が本気で不安だった。せめてもう一人、そばに居て欲しいと切実に感じていた。

……いや、本当は居ない訳ではない。

しかし、その武巳はずっと一階の居間に居る。

皆が出て行ってから、稜子は武巳と一度も顔を合わせていなかった。だが、別に改めて喧嘩をしたとか、そういう訳でも無い。

ただ何となく、こんな感じになってしまっただけだ。

稜子は別に、怒ってなどいなかった。武巳もきっと、怒っていないだろう。だが顔を合わせても、何を言えばいいのか判らない。

武巳の顔が見れない。

武巳の気まずそうな顔を見るのが嫌だった。

武巳の気まずい顔を見て、自分が気まずい顔をするのが嫌だった。

そうすれば、それを見た武巳が、きっとまた気まずい思いをする事になるのだ。

泥沼だ。

考えれば考えるほど、気が重くなった。

で――こんな状態の稜子と歩由実で、雑談など盛り上がる筈も無い。思い出したように稜子が話題を見付け、二言三言交わして途切れる。その繰り返し。

だんだん稜子の気も滅入ってくる。

少しずつ、会話の数も減ってくる。

沈黙が続くと、そのたびに稜子の思考は武巳に向かうのだ。そして気が付けば、取り止めも無い事を考えている自分が居た。

――武巳クン、一人で何してるんだろう。

――今、何を考えてるんだろう。

最初はそんな事を考えているのだが、そのうちに思考は行き着く所まで行ってしまう。

――どうしてこうなっちゃったんだろう………

さらに落ち込む。悪循環を、稜子はずっと繰り返している。こうなると、もう自分では止めようが無い。完全に、稜子は参っていた。

ここまで落ち込むのも久し振りなら、こんなに長引くのも久し振りだった。

自分の感情に歯止めが利かなかった。考えてみれば姉の死からずっと、稜子は感情が過敏になっていた。

できるだけ考えないようにしていたが、やはり相当、霞織の自殺は堪えている。今まではできるだけ思い出さないようにして、ダメージを塗り固めていたに過ぎない。

明るく振る舞っていれば、辛さを忘れられると思っていた。

人の為に何かをしていれば、辛い事を考えないで済むのではと思っていた。

だが、それは徐々に稜子の精神を蝕んでいた。

ここに来て、忘れようとしていたものが、心の奥から噴出した。様々な記憶が溢れ出し、悪夢の断片として、それは次々と、稜子の意識を覆い尽くした。

笑った顔の、霞織の遺影。

白々しい花で飾られた、お葬式。

死化粧をされ、花に埋められた棺の中の霞織の顔。

霞織を燃やす、焼却炉の唸るような音。

骨と灰になった、霞織。

わたしを抱きしめ、泣き崩れるお母さん。

立ったまま泣く、お父さん。

霞織の入った、白い箱。

黒い服の、親戚達。

そして――――

警察で受け取った、そのままの霞織の遺体が。

その姿が稜子の脳裏に焼き付いて、どうしても離れないのだった。

これだけは、忘れられなかった。

最初に見せられた時、心臓が止まりそうになった。

つい数時間前まで、稜子はこの遺体と談笑していたのだ。それがこんな事になるなんて、夢にも思わなかった。

鉄の台に乗せられた、人型に盛り上がったシーツ。

それが外された瞬間の、衝撃。

見た途端に、泣いた。

激しく胸を殴られたような、そんなショックで、苦しくて泣いた。

近親者の遺体は綺麗なものじゃなかった。それどころか、グロテスクだ。

どんなに無残でも愛する者だから愛おしく見える、そんなよく物語に出て来るエピソードのようには思えなかった。生きて、動いて、笑って――その姿を知っているからこそグロテスクだった。あまりにも近しいからこそ、死に顔はあまりにも悪趣味な冗談に見えて、そう見えてしまった自分がひどく冷血に思えてショックを受けた。

そして。

動かない、霞織。

顎の下から白い首を、くっきりと縄の模様が取り巻いている。

その青黒い痣を見た途端、あの『禁帯出』の青いスタンプが脳裏をよぎった。それを取り巻くロープ模様の縄目が、目の前の痣と重なった。

眩暈がした。

まるで自分のせいで霞織が死んだ気がして、そのまま床に座り込んだ。

今から考えると、あれは予感だったのだ。全てはあの『奈良梨取考』という、死人の肌の色をした、一冊の本から始まったのだから……！

あまりにも薄幸な終わり方だった。

それまでも、決して幸せでは無かったというのに。

稜子が生まれてから、霞織は姉としてずっと苦労していたのだ。霞織は姉として稜子を心配するばかりで、自分の事はずっと我慢して生きていたのだ。

現に稜子は、個人的な理由で霞織と喧嘩をした事が無い。

稜子が霞織を攻撃する事はあったが、そんな時は必ず霞織が折れてくれた。とても優しい姉だったのだ。好きだったのに、尊敬していたのに、幸せになって欲しかったのに、どうしてこんな事になったのか、未だに理解できなかった。

「…………………！」

思い出した。封じ込めていたものが蘇った。

泣きそうになって、稜子は歩由実の椅子の上で、俯いていた。

涙が出ないように、ぎゅっと熱っぽい両目を瞑った。羽間に戻ってからは、ずっと考えないようにしていた事が、蓋が壊れたように、次から次へと溢れ出して来た。

駄目だ。

駄目なのだ。

自分の事は、考えちゃいけない。

思えば思うほど、蓋の開いた思考は止まらない。他人の事を考える事で、自分の事を誤魔化していたのに、沈黙が全てを呼び覚ます。

何だか判らない、ひどい罪悪感が胸の中に広がった。

だが、それが何に対する罪悪感なのか、残念ながら稜子には判らなかった。

沈黙。

すると、空気に対して過敏になっている歩由実が、稜子の雰囲気が変わった事を敏感に感じ取った。

　顔を上げ、稜子に無気力な目を向けた。

　それに気付いて、稜子は慌てて自分の顔に笑顔を作る。

「………あ……ごめんなさい、何でもないんです」

　言って、胸の辺りで両手を振る。

　これは、あくまで稜子の個人的な事なのだ。そんな事で、歩由実に余計な不安を与える訳にはいかない。

「何でもないんです」

　目を擦る。

　少しだけ涙が出たが、それで収まる。

　そして稜子は、話題を変えるため、自分の頭を指差して見せた。

「あの……先輩。髪、跳ねてますよ？」

　とにかく話題を変えるため、稜子は必死だった。

「あの、直さなくて、大丈夫ですか？」

「……」

「先輩？」

　だが歩由実は黙って、ゆっくりとかぶりを振った。

「え？　でも……」

許しそうにする稜子に、ぽつりと歩由実は答える。

「鏡を見るの、怖いから」

「あ……」

それを聞いて、稜子は思わず自分の口を押さえる。

「ご、ごめんなさい……」

稜子はまた、泣きたくなった。歩由実の怯えも、その理由も分かっている筈なのに、自分の察しの悪さに嫌気が差した。

そして、

「……大丈夫」

と首を振る歩由実を見て、稜子はひどくショックを受ける。

その時、稜子は絶望的な気分でこう思ったのだ。

——これでは、姉と一緒だ。

歩由実は自分の方がよほど大変なのに、それでも稜子に気を遣っているのだ。

そんな歩由実の顔に浮かぶ殉教者的な表情が、かつての霞織の記憶と重なった。情けなくなって、駄目だと判っているのに、涙がこぼれて止まらなくなった。

「あ……あれ……？」

稜子は戸惑う。

「おかしいな、こんなつもりじゃ………」

言いながら、何度も涙を拭う。

平静を保とうとして、泣き笑いのような表情になって、それでも涙は止まらなかった。

悲しさより、情けなさより、優しくされた事に、涙が出た。

「……」

そんな稜子に、歩由実が戸惑った顔をした。

だが歩由実は何も訊かず、ただ心配そうに、泣き続ける稜子を見守っていた。

本当に、涙は止まらなくなった。ぽろぽろ、ぽろぽろと、稜子はただひたすらに、大粒の涙をこぼし続けた。

2

時間は、既に夕刻となっていた。

夏の陽はまだ高くにあるが、その光はもう、特有の夕暮れ色を帯び始めていた。

そんな光線に染まりながら、亜紀は図書館から帰る。歩由実の家に戻ると、すでに他の皆は帰って来ていて、亜紀を待っている状態だった。

「……悪いね、待たせて」

言いながら入る亜紀に、それぞれが顔を向ける。

皆は期待しているかも知れないが、残念ながら大きな成果は見付かっていない。

「お疲れー」

歩由実の隣で手を上げる稜子に、同じく手を上げて応えた。だが、その様子が少しばかり、おかしく見えた。

見れば、テーブルの殆ど対角線に武巳が居る。

お互いに避けるように、目を合わせようとしない。

まだやってるのか、と亜紀は呆れた。と同時に、稜子の目が微妙に赤いのが気になった。

まさか、歩由実の前で大喧嘩でもしたんじゃ。二人を残すのは考えた方がいいかも知れないと、亜紀は頭の端でそう思う。

「――ご苦労。どうだった？」

そうしていると、奥に座る空目が声をかけて来た。その抑揚の無い口調からは、空目自身がどれだけ亜紀の成果に期待しているのかは、読み取る事ができない。

「駄目。ほとんどハズレだね」

亜紀は言って、ぱたぱたと手を振って見せる。

「そっちは？」

「一つ可能性があったが、否定された」

亜紀の問いに空目は答え、そう言って肩を竦めた。

「可能性？　犯人の？」

「ああ」

「誰？」

「……」

亜紀は訊ねるが、空目は素っ気無く首を振る。

「………それとも、〝誰〟じゃなくて、〝何〟とか？」

突っ込んで訊いたが、空目は答えなかった。

「否定された要素だ。言うだけ無駄だ」

そう言って、沈黙した。

言うべきでは無いか、皆の前では言えない事だと思われた。知っている筈の村神に目を向けたが、露骨に目を逸らされた。あやめを睨んでも、戸惑わせるばかりで意味は無い。

そう秘密にされると、また自分が犯人なのではないかと、亜紀は少々不安になる。裏で疑われるくらいはしたかも知れない。

だが、実際はどうあれ、空目が言うべきでは無いと判断したなら、確かに亜紀は知るべきでは無いのだろう。仕方なく、亜紀は疑惑を押し込める。そして自分が調べて来た事の報告を始めた。

「私の方は――――一通りは調べたけど、残念ながら目ぼしいものは無かったね」

そう亜紀は切り出した。

「特に『怪談』となると、まともに扱ってる本、それ自体が少ないよ。『昔話』の方は色々と専門書はあるけど、『奈良梨取り』専門はさすがに無いね」

言いながら、関連しそうな書籍のコピーをバッグから取り出した。

それ自体は、一見すると結構な量の情報の束に見える。だが内容は民俗学書籍から『奈良梨取り』に関する項目をそっくりコピーしただけなので、今回の事件について役立ちそうな情報は皆無と言えた。

空目もそれを感じたのだろう、ぱらぱらと一通り一瞥しただけで、あえて読み込もうとはしなかった。

亜紀は続ける。

「で……『都市伝説』は大方が類例集で、これは研究って言うより収集が目的だね。一応目は通したけど、特に符合するようなものは無し。もっとゴシップ的な本の方がいいのかも知れないけど、そういうのは学校の図書館じゃ扱わないからねえ……」

早くも無駄足らしい結果に、場に悲観的な空気が漂う。

「〝大迫栄一郎〟の著作は？」

空目が訊ねた。

「それがね、ミナカタ先生に訊いたんだけど、置いてないって言うの」

亜紀は答え、その答えに空目が眉を寄せた。

「……一冊も？」

「一冊も」

「不可解だな。いくら〝黒服〟が著作を回収して回っているとは言え、著者本人が蔵書を寄付した図書館だぞ？」

亜紀も同じ事を思ったが、これは事実だった。

「でも置いてないのは本当みたい。それどころか〝大迫栄一郎〟って人物自体、先生は知らなかったみたいだよ？」

「……そうか」

「どうも話をした限りでは本当に、家族の誰もお祖父さんに著作があるなんて知らなかったみたいだね」

「ふむ」

空目は腕組みし、考え深げに息を吐く。

「で——本は空振りだったんだけどさ、それより、ミナカタ先生から少し面白い話を聞いたんだけど」

亜紀は唯一の成果を、そこで口にした。

「図書館に伝わる、噂話があるらしいよ」

そう言って、亜紀は例の〝三つの約束事〟の話をした。

あの、決して読んではいけないという貸出禁止の本と、著者の死後に書かれた本の話。

そして読んでいる途中に、決して振り返ってはいけないという禁忌。

符合と言うなら、今の所、これが最も大きいだろう。

少なくとも二つは、『奈良梨取考』に関するあれこれに合致するのだ。

「で、ね」

そして、亜紀は皆に訊ねる。

「この話、どこかで聞いた覚えがあるんだけど、誰か私に教えた記憶とかある？」

実は、この話を聞いた時、最初から引っかかっていたのだった。噂話なら、交友の広い稜子が詳しい。その辺りが出所ではと、亜紀は密かに思っていたのだが。

しかし——

「…………」

その質問には、皆が一様に、首を捻った。

稜子も同じく知らないようで、困ったように歩由実の横顔を見ている。

違うのか。亜紀は拍子抜けする。疑問が解消しない。だがそう思って、亜紀が眉根を寄せた時──しばし皆を観察していた空目が、口を開いた。

「……その話なら覚えがある」

そう言って、いきなり内容を諳んじた。

「図書館の本にまつわる三つの約束事。一、図書館にある『持出禁止』の本は、できるだけ読んではいけない。それには呪われた本が混じっている。二、著者の死後に書かれた本。これは決して読んではいけない。死の世界へと引き込まれてしまう。三、本を読んでいる途中に寒気がしたら、決して振り返ってはいけない。その時、あなたの後ろには死者が立っている。こんな話だろう？」

淀み無く言う空目に、亜紀は驚く。

「知ってるの？」

「当たり前だ」

即座に空目は断言する。

「木戸野に覚えがあるのも当然だ。それは俺が持っている本に載っている話で、以前お前には貸した事があるはずだ」

その空目の言葉に、亜紀の記憶に引っかかるものがあった。

「え……」

「記憶に無いか？」

「え？　ちょっと待って……まさか……」

空目は頷き、言う。

「その話が載っているのは『現代都市伝説考』。〝大迫栄一郎〟の著作だ」

「……！　あ！」

「そうなると……いや、結論を出すのは危険か」

呆然とする亜紀をそのままに、空目は一人つぶやく。

亜紀は呆然と、思い出す。それは亜紀が『異界』に関わる事になった最初の事件で、空目が姿を消した時に、一つの鍵となった本だった。いくつもの都市伝説を紹介したその本は、中に〝本物〟の怪異が含まれているという、いわくつきの本。

どこから見てもただの本だったが、後で話を聞いた時には鳥肌が立った。

何しろ『霊感』のある者が万が一〝本物〟の物語を読むと、たちまちそれを媒介にして怪異が現れるという。

そんな危ない物を持っていたのだと、思い出すだに寒気がした。

そして――またもや『怪異』の場に、『現代都市伝説考』の名が現れた。

「あの……」

その時、おずおずと歩由実が手を上げた。

「実は私も……その『話』、知ってます」

「え……!」

突然の歩由実の言葉に、隣の稜子が驚きの声を上げた。

「どこで知ったか、思い出せますか?」

空目が質問する。歩由実は陰気な表情で考え込むと、

「……お父さんか…………お兄ちゃんに、聞いた気がします」

と答えた。

「どちらか、判りますか?」

「…………いえ」

「すぐに思い出せないなら結構です。無理に思い出そうとすると、人間の記憶は思い込みで歪みます」

「……はい」

済まなそうに答える歩由実。

「ふむ、それにしても図書館の噂か……」

そう呟き、空目は考え込んだ。そのまま全員が黙り込み、沈黙が居間に降りた。

誰も動かない。空目はあらぬ方向へ視線を向け、考え込んでいる。その隣で、あやめが何をする訳でもなく座っている。稜子と歩由実が並んで下を向き、武巳は落ち着き無さげで、俊也は腕組みして目を閉じていた。

しばらく、状況は動きそうに無かった。

それならばと、亜紀はすっと立ち上がる。

「恭の字……ちょっと」

亜紀は手招きし、空目を呼んだ。

「ん……？」

空目が立ち上がり、やって来た。亜紀は戸を開け、一緒に廊下へと出る。そして戸を閉め、誰も来ない事を確認して、亜紀はようやく、声を潜めて言う。

「……恭の字、ちょっと気になる事があるんだけど」

「何だ？」

「稜子が、少しマズい気がする」

亜紀はそう言って、今しがた出てきた居間の戸を見た。戸に嵌まった、磨りガラスの向こうは静かだった。こうして外から見ると、その空気は何となく通夜の席に似ている。

空目も、ちらりと戸に目を向ける。

「……どういう事だ？」

そして不審そうに、眉を顰めた。

どうやら気付いていないらしい。指摘してよかった。そう思いつつ亜紀は言う。

「稜子の様子、ちょっとおかしいよ」

「具体的には？」

「大泣きした形跡がある」

「……」

空目は顎に手をやり、目線で先を促す。

「私らがいない間に、たぶん何かあった。朝から兆候はあったけど、あの子かなり参ってると思う」

「……それで？」

「仲良しと居れば気が紛れるかと思ってたんだけど、肝心の近藤と喧嘩してるらしい。一緒に置いとくのは避けた方がいいかも。理由は判らないけど、今の稜子は不安定すぎる。本当はこの件から外したいのが、私の本音だね」

朝から兆候はあったが、ますます様子が危うくなっていた。不安か、ストレスか、とにかくそんなものを溜め込んで今にも爆発しそうに見えた。亜紀に言わせれば、稜子はストレスに弱い小動物だ。

「とにかく、私はこのまま放置しても、良い事にならないのは目に見えていた。このままじゃマズいと思う」

「…………そうか」

空目が、静かに口を開く。

「だが日下部に〝発病〟の可能性がある以上、様子見は必要だぞ？」

「分かってる。だから、とりあえず近藤と分けておこう、って言ってんの。一緒にしとくと、多分だけど悪影響だよ。どっちにしてもしばらく二人は分けておいて、様子を見た方がいいと思う」

あの二人の事だから、そうすれば追々ほとぼりが冷めるだろうという目論見。

「……分かった」

空目は頷く。

「明日からは、また考えよう」

それに頷き返し、亜紀は溜息を吐く。

稜子は珍しいほど純粋な子だが、それだけに扱いが難しかった。面倒なら放って置けばいいのだが、それではどうも後ろめたく感じてしまう。それが稜子の好ましい所であり、鬱陶しい所でもある。

「……どうだろう。これは過保護かねえ」

亜紀は嘆息混じりに呟いた。

空目は興味なさそうに、どうだろうなと一言だけ返す。ふと、亜紀は気になった。そして話題ついでに、空目に訊いてみた。

「ねえ、恭の字はどう思う？　ああいう、純粋なのは」

「？」

空目が不可解そうな顔をしたが、妙な事を訊いているのは承知の上だ。

「……何の話だ？」

「だから、稜子みたく純粋なのは、どう？　って訊いてるの」

何の話か判らないようで、空目はすぐに、質問を返して来る。

「それは、心の意味での純粋を言っているのか？」

「……ん。まあ、そう」

「どう、も何も、まず俺は心の〝純粋〟というものに否定的だ」

空目は言い、次に断言した。

「まともな人間である限り、一般に言うような〝純粋〟など存在しない筈だ」

「……は？」

「人が〝純粋〟と呼ぶものは、あくまでも一見するとそう見えるものであって、本当に純粋なものではない。無垢の筈の幼児でさえ、自分が幼児である事を利用し、生物としての利己的な計算を働かせる。人間は決して無垢にはなれない。生まれた時から、有利に生存するためのプログラムがされているからだ。そういうものを卑しいと教えたならば、計算は抑圧されるだろう。だがそれすらも、本当に純粋なものではあり得ない」

切って捨てる空目。亜紀は納得いかなげに首を傾げる。

「んー、暴論に聞こえるけど……」

納得できる部分も確かにあるが、そう思う。

亜紀の疑問に、空目は答える。

「もしかするとそうかも知れん。だが俺には、その発言は憧憬に聞こえる」

「む……稜子なんかはどう？」

「日下部だって、まともに思考くらいは働いている」

「そうだろうけど……」

「俺に言わせれば、純粋な心というものは、受け手がそう錯覚しているだけだ。外からは思考が見えないから、見る者の理想や憧憬がそう見せるんだ。たとえ知的に何らかの障害があっても、思考自体は働いている。言ってみればその思考が社会の論理と乖離している時に、無垢に見える。実は邪悪と表裏一体だと、俺は考える。解離が好ましい場合は無垢に、好ましくない場合は邪悪になる」

「……」

やはり亜紀には暴論に聞こえる。

だが空目は論調を変えない。きっぱりと空目は言う。

「いいか、俺が考えるには。それがもし幼い子供でも、純真無垢を支えるのは〝無知〟と〝無思慮〟と〝欺瞞(ぎまん)〟だ。無知と無思慮の行いが、受け手の幻想によって無垢に見えるんだ。自ら純粋を標榜(ひょうぼう)するなら、それは欺瞞だ。自分の中の計算を認めず、自覚、無自覚を問わず純粋さを演じているだけだ。

いずれにせよ、それを〝純粋〟と呼ぶならそれもいい。現に普通は、そう呼ぶ。だが、俺はそういうものには懐疑的だ。日下部を純粋と呼ぶのは、俺には馬鹿だと言っているように聞こえる。少なくとも相手を純粋と呼ぶ以上、こちらは格上の立場で言う筈だ」

「ん……それは……確かに……」

そう言われると、そこは亜紀も納得せざるを得ない。亜紀としてもまるで自覚が無い訳では無かった。確かに自分のは、稜子を格下に見ての発言だ。

「もしかしたら子供とか保護しなきゃいけない対象に、人間は無意識に高い価値を置いてるのかも知れないねえ」

「面白い考え方だな。それが〝純粋〟なる価値を作ったのかも知れん」

「でも仮にさ、本当に純粋な心ってのがあったら、どう思う？」

「……」

それは軽い気持ちの質問だったが、空目は途端に厳しい表情をした。あり得ない、の一言で片付けられると思ったので、その深刻な様子に亜紀の方が驚いた。つい、おずおずと言葉を加える。

「いや……仮に、だよ？　深刻に考える必要は無いよ」

そう言ったが、空目は首を振る。

「そんな事は無い。もし日下部がそうなら、十分に深刻だ」

「……どういう事？」

思わず声を落として、亜紀は訊ねる。

空目はしばし、考える。

そして答えた。

「もしも――日下部の純粋さが、無知でも無思慮でも欺瞞でもない本物だとしたら、それは大いに問題だ。そのどれでもないとすれば、それは〝狂気〟に属するからだ」

と。

「…………！」

亜紀は絶句した。

その潜められた言葉は重病を宣告するかのように、静かな廊下に低く、響く。

それが例え話だと判っていても、何とも不安な気分になった。

「そう……」

とだけ亜紀は呟き、話題を振り切るように元の居間へ。空目も続いて、寄りかかった壁から離れる。

その話はそこで終わった。

亜紀が終わらせた。

とりあえず、今晩も泊り込みだ。

稜子については、もう一晩見てからでも、遅くは無いだろう。

3

暗闇の中に、歩由実は立っていた。

うっすらと、その周りには闇が広がっていた。

そこが何処かも、判らなかった。ただ、そこには微かに甘い香りが広がり、冷たく湿っぽい空気が澱んでいた。

どんよりと、闇は広がっている。

瞼の裏の空間のような、あの赤くて白い闇。

一面に広がるその闇の中で、歩由実は一人、立ち尽くしている。

現実感を失わせる妖しい静寂の中で、ただ一人で、立っている。

――――ぎい、

不意に、あの音が聞こえた。

と、同時に、まるで暗闇の中から滲み出すように、目の前に黒い人影がぶら下がった。

首吊り死体。だらん、と力無く。しかしその、命も無く、地に足も着いていないはずの首吊り死体は、何故か巨木のような存在感を持って、目の前に下がっていた。

――――ぎい、

紐が、軋んだ。
規則正しく揺れる死体と共に、紐の軋る音がする。

――こっちへ、

　こっちへ、

呼び声が、聞こえる。
紐の軋る、耳障りな音。その音が捩じれ、言葉となって、耳障りに、頭に響く。
目の前に、死体が揺れる。
首を吊った、男の死体。
歩由実は見上げる。影に覆われた顔が、そこにある。
今なら、その顔が見れそうだ。今までは、その顔を見る事はできなかった。
その顔を、歩由実は覗き込む。
影に塗り潰された、顔。
ああ…………
歩由実は嘆息する。
首吊り死体の、顔が見えた。

自分の顔だった。首を吊っていたのは、自分だったのだ。

――ぎい、

紐が軋る。

気が付くと、歩由実は男を見下ろしていた。

自分の体が、揺れていた。その首には、細い紐。

――やっと沼まで来たか……

軋るような声で、男が言った。

男は地面に立っていた。

今まで首を吊っていた、その筈の男だ。顔はやはり、影に覆われて見えない。

顔が見えなかった事に、歩由実は落胆した。何故だか、約束をすっぽかされたような気分になったのだ。

男の顔の左半分が、引き攣るように歪んだ。

笑っているのだと、歩由実には判った。

＊

……………

深い泥のような眠りの底から、ふっ、と意識が浮かび上がった。

微かに呻いて、稜子が目を開けると、まず目に入って来たのは眩しい光の塊だった。

「ん………」

眩しさに目が霞み、視界が滲んだ。だが、やがて徐々に景色が形を取り始めると、稜子の見ていた光は、天井から下がった蛍光灯だという事が判って来た。

稜子は呆然と、開き切らない目で、天井を見上げる。

自分が布団に横たわっている事は、何となく判る。

覚醒前の頭は重く、体も重い。意識もはっきりせず、自分の部屋ではない天井に、漠然とした違和感を感じている。

ここはどこだったかと、稜子は思った。

答えはすぐに出る。歩由実の部屋だ。

ああ、泊まりに来てたんだっけ、と稜子は思い出す。しかし、いつ眠ってしまったのかが、どうにも記憶に無い。

「……」

頭だけを巡らせて、周りを見回した。

隣では、亜紀が壁に寄りかかったまま、寝息を立てていた。

それを見て、稜子の頭が徐々にはっきりして来た。確か今夜は、全員が一晩中、夜が明けるまで、一睡もしないつもりでいたのだ。

歩由実が眠ると、どうなるかが判明した。

それを防ぐためには、夜に眠らないという方法しか無い。

電灯を点けて、無理に話などしながら起きていたのだ。それなのに皆、いつの間にか眠ってしまったようだった。

「ん………」

緩慢な動作で、稜子は体を起こす。

ぼんやりした頭で、歩由実が大丈夫かを気にした。

そしてベッドの上に目をやって——————ぎょっとして目が覚めた。

ベッドの上には、誰も居なかったのだ。

「……せ、先輩………!?」

心臓が跳ね上がる。

稜子は慌てて、部屋を見回した。

もちろん部屋には、寝ている亜紀と稜子しか居ない。

その時、さあっ、と風が吹いた。網戸にしていた窓から、カーテンを揺らして強めの風が部屋に吹き込むと、

きい、

と細い音を立てて。

入口のドアが、細く、細く、開いた。

「…………」

息を呑む。

ドアが閉まっていなかった。

歩由実が出て行ったに違いなかった。

開いたドアから暗い廊下が、しんと静かに、覗いていた。

ど……どこ、行ったんだろ………

稜子は思った。

トイレだとしても、廊下が暗いのはおかしかった。

歩由実の部屋のすぐ脇にも、廊下の明かりのスイッチはあるのだ。この家のトイレは一階にしかなく、点けずに一階に降りるとは考えられなかった。

いや、廊下の明かりを点けないのは、まだいい。

慣れている歩由実なら、平気かも知れない。

だが階段まで暗いのは、あり得ない。

階段の明かりが点けば、ここまで光は届く筈だ。階段の明かりは廊下に届き、いま見えるような暗闇には、絶対にならない筈だった。

しん、

と静かに、暗い廊下。

どうすればいいか判らず、稜子は呆然と眺める。

扉を挟んで、すぐ向こうには墨色の闇が広がっていた。それは扉の隙間から、こちらを覗き込むように澱んでいた。

そしてふと、稜子は気付いた。

隙間から見える廊下の床が、ぼおっと微かに光に照らされている。

その光は部屋の隣、兄の部屋の方面から来ているようだ。少ししか見えないが、どこからか光が漏れ出しているように見えた。

稜子は渇いた喉で、ごくりと空気を呑み込む。

そしてドアへとにじり寄り、そっと隙間を覗き込む。

モノクロの廊下が、視界に広がった。そして廊下の端が、確かに淡く照らされているのが、見て取れた。

きい、

と稜子はドアを押し開ける。

廊下へと、頭だけを出した。

やはり、光源は隣の部屋だ。

兄の部屋のドアが薄開きになり、そこから煌々（こうこう）と部屋の明かりが漏れ出していて、その光がぼんやりと広がり、ドアの周りと廊下の一部を、弱々しく照らしていた。

……誰……？

一瞬、そう、反射的に頭をよぎった。

しかし考えてみれば、答えは一つしか無かった。

居るとすれば、歩由実しか考えられない。それでも歩由実という連想が働かなかったのは、その光景がひどく無気味なものに見えたからだ。

ドアの隙間から光が漏れ、ドアの輪郭が縁取られている。

光は無機質で、同時によそよそしい。

ドアから漏れ出す光は強く、禍々（まがまが）しかった。廊下も、ドアも、そこから漏れる光も、まるで異世界の入口のように見える。

しん、

と廊下は、沈黙している。

床にはうっすらと闇が積もり、壁が夜を呼吸している。

嫌な静寂だった。

この向こうに歩由実が、自分の知っている人間が居るなどと、想像するのがどうしても不吉に思える、嫌な静寂だった。

夏の夜が何となく、肌寒い。

廊下に踏み出すのが、怖い。

それでも、調べなくてはいけなかった。

そこに歩由実が居るのか、調べる必要があった。

「……」

稜子は、亜紀を振り返る。

亜紀は壁に寄りかかったまま、死んだように眠っていた。

起こすのは、何となく憚（はばか）られた。と同時に、稜子はひどい孤独感を感じた。

この静かな世界に、自分だけが起きているような孤独な錯覚。しかし稜子は、亜紀を呼ぶ事を躊躇（ためら）う。

何より、亜紀に頼ってばかりでは駄目だと思い直した。

なので稜子は自分だけで、息を潜めるようにして、ドアへと向き直った。

「…………」

嫌ぁな闇が、廊下いっぱいに広がっていた。

その廊下に、そっと稜子は足を踏み出した。半分ほど開けたドアから、滑り込むようにして部屋を出た。ドアを全開に開けるのが、何となく嫌だったのだ。

あまり開けると、気付かれそうに思えた。

だが何に気付かれてしまうのか、自分でも全く判らない。

形の無い、うそ寒い不安が、胸の中に広がっている。その不安の正体が何なのか、自分でも全く判らない。


「…………」


ぼおっと輝く、暗闇のドア。

それを見据えて一人で、一歩一歩、足を踏み出す。

ひやりと冷たい床を、裸の足が踏む。密度の高い闇が、肌に冷たく纏(まと)わり付(つ)く。

着ている薄いパジャマが、ひどく無防備に感じられた。全身の肌から夜が染み込んで来て、心臓の辺りをきゅうっと締め上げた。

一歩ずつ、ドアに近付いた。

近付くにつれ、部屋の中の気配が伝わって来た。

ドアの向こうから、微かな物音。

——かりかりかり、かり、かりかりかり……

それは試験中に聞こえるような、机の表面をペンが走る音だ。音に合わせて、中で微かに人の動く気配がしていた。中には確かに、誰かが居た。

そっと稜子は、薄開きのドアを覗く。

煌々と明るい部屋に、置かれている机が一つ。

引出しの壊れた、歩由実の兄の机。

そこに一人、ぽつんと座っていた。

ショートの髪。

歩由実だ。

歩由実は机に座り、何か書き物をしているようだった。

背を曲げて、机にのめり込み、一心不乱にペンを走らせていた。とりあえず歩由実が居た事に、稜子は安心した。

だが――このよそよそしさは、何だろう。

白い、煙るような蛍光灯の明かりの中で、歩由実はまるで知らない人のように見える。覗き穴の向こうの、蠟人形を見ているようだ。まるで血の通ったものには見えない、歩由実の後ろ姿だ。

「……」

そして、そう思った瞬間、不安が胸を圧迫した。

霞織の遺体と、印象が重なった。

思い切って、ドアを開けた。白い光が、部屋から溢れ出した。

稜子が部屋に足を踏み入れたが、歩由実は反応しなかった。ただひたすらに、機械のようにペンを動かしていた。

「……先輩……？」

稜子は、声をかける。

しかし歩由実は、振り向きもしない。

ペンの音だけが部屋に響いていた。単調に、無機質に、機械のように。

――かりかりかりかりかり……

ペン先が机を叩く音。

稜子は意を決して、歩由実に歩み寄る。

「……先輩？」

呼びかけて肩を叩こうとして――――手が止まった。

歩由実の背後に立った稜子の目に、異様な光景が飛び込んで来た。

机の上が、真っ青になっていた。


歩由実は古びた万年筆を持ち、机の上に紙も敷かず、直接机の上にペン先を叩きつけ、異常な速さで何かを書き綴っていたのだった。


「ひっ――――」

悲鳴を上げそうになった。

あっという間に鳥肌が立った。

机の上は幾度も書き殴られたインクで池のようになり、幾重にも重ねられた文字は融合して蛇が這いずったような一面の模様と化していた。細い線が机一面にのたくり、溶け合い、恐るべき密度の、青黒い絨毯を作っていた。

歩由実は椅子に座り、老人のように激しい角度で背を折り曲げ、舐めまわすようにして机に顔を近付けていた。机に張り付くほど顔を寄せ、視線を這わせて、ペンを持った右腕を、別の生き物のように痙攣（けいれん）させていた。

異常な速度で、腕はペンを振るっていた。

ペン先は机を叩き、机の上のインクを引（ひ）っ掻（か）き、不気味な青黒い池を広げていた。

――かりかりかりかりかりかりかりかりかり……

机の上を、硬いペン先が這いまわる。

「先輩っ……！」

と悲鳴のような声を上げ、稜子は歩由実の肩を揺すぶる。

「！」

途端に稜子は、驚いて手を離した。

歩由実の肩の肉は硬直し、彫像のような不気味な手触りだった。それが激しく痙攣し、動いていた。

そして揺すった時に、歩由実の右の目が見えた。

それは到底、生きているものの目ではなかった。

それは大きく見開かれ、ガラス玉のように表情が無かった。視線が固定され、ただ光を返すだけの、剝製の目のようだった。

「……せ、先輩！ 先輩っ！」

稜子は歩由実の右腕を押さえる。

せめて手だけでもと、思ったのだ。

しかし腕も棒のように硬直し、機械のように振動していた。激しく痙攣し、判読不能の文字を、ひたすら机の上に書き綴っていた。

力を込めて押さえたが、腕の動きは止まらない。

ミシンのように上下し、ペン先が机を何度も突いた。

金のペン先が真っ二つに割れて、ペンからインクが飛び散った。机に、壁に、顔に、服に、青黒い飛沫が無数に散った。

万年筆が、手から飛ぶ。

だが歩由実の手は、ペンを握った形のままだ。

そのまま腕が振動し、何度も指を打ち付けた。爪が割れ、血が流れ、青黒い机に鮮血の色を撒き散らした。

指が嫌な音を立てて、あらぬ方向へと折れ曲がった。

それでも腕は止まらず、その指で何度も何度も机を突いた。

稜子の目の前で、歩由実の指は見る見るうちに、あらゆる方向に曲がり、へし折れて、変形していった。丸めた革手袋のようになった手で、それでも歩由実は机を叩き続けた。

「――嫌あ！」

稜子は悲鳴を上げた。

悲鳴を上げて、歩由実の右腕から手を離した。

すると、反動で弾かれたように、歩由実の頭が稜子を振り向いた。捩じ切れそうに首だけが振られ、稜子へと向けられた。

その顔を見て、再び稜子は悲鳴を上げる。

それは右目を大きく見開き、逆に左目を強く顰めた、歪で奇怪な表情だった。

顔は、血とインクで斑に汚れていた。体は痙攣を続けて、椅子から転げ落ち、体全体を大きく捩じりながら、手足を振り回して床の上を転げ回った。

その時、がくん、と口が開き、絶叫が迸った。

「――――――――っ！」

その声が耳に飛び込んできた途端、恐怖と悪寒が、一瞬にして背筋を駆け上がった。

それはこの世の声では無い、どこか別の世界から受信した音だった。

マイクのハウリングに似ていたが、もっと形容し難い無数の音域を含んでいた。

到底、人間の喉が出せる音では無かった。そんな絶叫を上げながら、歩由実は壊れた玩具のように床に転がり、奇怪な形で痙攣を続け、激しく振動しながら転げ回った。

「――――――――っ！――――――――――――っ！」

その様子は、すでに人間の形をしているだけの別の物だった。

「………っ！」

稜子は後ずさってドアに手を突き、廊下に転がり出た。

恐怖で、腰が立たなくなっていた。

もう稜子の手には負えなかった。

稜子はもつれる足で廊下を走り、助けを求めて隣の部屋へと転げ込んだ。

「……あ、亜紀ちゃん……亜紀ちゃん……！」

何度も亜紀の名を呼んだ。そして稜子の悲鳴で目を覚ました亜紀に――――稜子は泣きながら縋り付いた。

目を覚ました亜紀の対応は速かった。
時ならぬサイレンの音が、深夜の羽間に響き渡った。

十章 呼び声

1

もう、明け方近くになっていた。

カーテンの外が微妙に白み始めたこの時間、稜子と亜紀は歩由実の家の居間に二人で黙って座っていた。

殆ど無言で、部屋の隅では深夜のテレビが点けっ放しだ。

映っている見た事も聞いた事も無い映画には、どちらも見向きもしていない。

テレビはただのＢＧＭ代わりだった。単に二人が、静寂を嫌ったに過ぎなかった。

二人は互いに浮かない顔をしていた。亜紀は難しい顔で頰杖(ほおづえ)を突き、稜子はこの世の終わりのような顔で下を向いていた。

今、この家には稜子と亜紀しか居なかった。

歩由実は付き添いの水方と共に、亜紀の呼んだ救急車で運ばれて行ったのだ。

留守を、二人は頼まれていた。

そして、そのまま、数時間が経つ。

「…………」

下を向いて、稜子は黙っていた。

あれからずっと、稜子は自己嫌悪を起こしていた。

また、稜子は何もできなかった。水方を起こし、救急車を呼んだのは全て亜紀だ。稜子はまた、うろたえる事しかできなかった。

自分の役立たず振りが嫌になる。

しかも、また迷惑をかけてしまった。

歩由実があんなになったのは、自分がやったようなものだと思っていた。稜子が余計な手出しをせず、すぐに人を呼んでおけば、あそこまで歩由実が酷い状態になる事は無かったのではないかと思っていた。

また、やってしまった。

そう思い、稜子は激しく落ち込んだ。

もう何もかもが、自分のせいに思えてきた。自責の念に、思考が沈む。

「…………ねえ、亜紀ちゃん」

ぽつりと、稜子は言った。

「……ん？」

頬杖を突いたまま、亜紀が返事をする。

「なに？」

「先輩、大丈夫かな……」

稜子はそう、亜紀に訊いた。

「何を今更」

亜紀は素っ気なく、そう言う。今まで何時間も留守番をしていて、この疑問は一度も口にされなかったのだ。確かに今更、言うのはおかしい。

「いや、どちらかと言うなら、今まで話題にしなかった方がおかしかった。

だが、それには理由があった。

どちらも大丈夫だなどと、思っていなかったのだ。

歩由実の運ばれて行った状況。あれを見て大丈夫だと思えるなら、よほどの楽天家だとしか言いようが無かった。

顔の半分を血とインクで染め、舌を噛まないよう猿轡（さるぐつわ）をされ、担架に縛り付けられて、歩由実は運ばれて行った。救急隊員が慌てるほど痙攣がひどく、捩じれて硬直した全身を、二人がかりで押さえ付けていた。

壊れた指から、ぼたぼたと血が落ちていた。

動転している水方に、救急隊員が、過去の癲癇(てんかん)発作の有無など尋ねていた。

そして混乱状態のまま、水方は付き添いとして一緒に連れて行かれた。後には、インクと血の染みが、部屋の床に広がっていた。

どう考えても、尋常では無い。それでも無事でいて欲しいと、願ってもいる。

その希望と現実の差が、歩由実の無事に関して話題にするのを避けさせていた。今ようやく話題にしたのは、自責の念が膨らみ過ぎたからだ。

「ねえ……」

稜子は言う。

「ん？」

「先輩も死んじゃうのかな……お姉ちゃんみたいに………」

小さな声で、そう言った。すると亜紀は、稜子を見て不可解そうに眉を寄せた。一体何を言っているのかと、そんな顔だ。

亜紀は真意を探るかのように、まじまじと稜子を観察した。

やがて亜紀は、稜子に言う。

「稜子」

「………うん？」

「何かおかしいと思ったら、あんた先輩とお姉さんを重ねて見てるね？」

「……え？」

稜子はぎょっとして、亜紀を見返した。

「そ、そんな事は……」

「無い？　無いなら別にいいけど、混同してるなら止めた方がいいよ。そんな事を考えてたらあんたの方が壊れるよ。言い方は悪いけど、先輩はあくまで他人だよ？」

厳しい顔で、亜紀は言う。

その言葉には反発を感じたが、武巳との事があったので、稜子は黙った。

自制した。有無を言わさない亜紀の調子もあった。だが何より自分でも、亜紀の言う通りな気がしてしまったのが一番大きかった。見透かされたような気持ちが稜子を黙らせた。反論はせず、稜子は下を向いた。

「…………」

再び、稜子と亜紀は黙り込んだ。

テレビの音声が、白々しく流れる。

＊

すっかり夜が明けた頃、玄関の開く音がして、水方が戻って来た。

稜子と亜紀が玄関で迎えた時、水方の顔色は当然ながら悪く、表情も何か慌しげで、焦りのようなものが浮かんでいた。

稜子はすぐにも歩由実の容態を聞きたかったが、

「ちょっと待ってくれないかな」

と水方は言って、二人を居間に残して奥に引っ込む。

水方は急ぎの様子で電話をかけ始め、居間へと微かに電話の声が聞こえて来る。

詳しい内容は聞き取れないが、どうも職場への電話らしかった。二、三の電話を終えると、ようやく水方は二人の待つ居間へとやって来た。

「……ごめんね。二人とも。急に留守番なんかさせちゃって」

水方は居間にやって来ると、まずはそう言う。

いかにも済まなそうな表情の水方に、

「いえ、いいんです」

と亜紀が静かに答えた。

だが稜子はそれどころではなく、焦りや自責の混乱状態だった。歩由実の事を質問しようとするが、うまく言葉にならなかった。

「あっ、あのっ、それより……」

「それより、先輩の様子はどうですか？」

何を言っているのか判らない稜子を遮り、亜紀が冷静に水方に聞いた。水方はパニック状態の稜子にどこか優しげな目を向け、落ち着くように動作で示した。

「大丈夫。落ち着いて。命には関わらないそうだから」

「本当ですか！」

「うん。手も手術したから、きっと大丈夫」

水方の言葉に、稜子は安堵して力が抜ける。

「そうですか……良かった……」

言った途端に、涙が出た。稜子は感極まって、その場で口元を押さえて泣き始めた。大丈夫だからと繰り返して、水方がそんな稜子を宥めた。

「稜子、しゃんとしな」

そう、亜紀も言う。

「先生の方が大変なのに、気ぃ遣わせてるんじゃないよ」

「……うん……うん、判ってる……」

稜子は何度も涙を拭い、深呼吸して心を落ち着けた。こんな場所で泣いても、水方に迷惑なだけだ。しゃくりあげる稜子を脇に、亜紀が水方に質問していた。

「先生」

「ん？」

「先輩は、どうしてあんな事に？」

亜紀の質問に、水方は困ったような声で言った。

「それがね……さっぱり判らないんだよ」

そう言って、大きな溜息を吐いた。心の底から困惑した様子だった。

「そうですか……」

「うん、それでね。とりあえず入院する事になった」

「はい。あの——病院はどこです？」

「今から荷物を作って、病院まで戻らなきゃいけない。だからね、僕が乗って来たタクシーを待たせてあるから、君達はもう帰りなさい」

亜紀は詳しく状況を聞き出そうとしたが、それを躱して、水方は言った。

「色々と、済まなかったね。ありがとう」

言って、水方は頭を下げた。亜紀は続けたい様子だったが、諦めて、それ以上は言わずに身を引いた。

申し訳なさそうに頭を下げている水方に、稜子は恐縮する。

「……い、いえ、あの、わたしなんか、何でも無いですから………」

半べその状態で、稜子は答える。

対して亜紀は、

「いえ、私達の方こそお世話になりました」

と卒なく一礼して立ち上がった。そして、それでも最後にこれだけはと、もう一度だけ水方に訊ねた。

「それで、病院はどこですか？ お見舞いに行かせて下さい」

「ああ……それは今度、また連絡するから」

それに答えて、水方は妙に歯切れの悪い言い方をした。

すっ、と訝しげに亜紀の眉が寄る。そして声を低くして、探りを入れる。

「……もしかして先輩、悪いんですか？」

「い、いや、そんな事は無いよ」

水方はそう答えたが、声の調子が微妙におかしかった。

「本当に原因が判らないんですか？」

「ああ、うん、検査の結果がまだだから……」

浮かべた笑みが、どこか強張っている。

「結果はいつごろ出そうです？」

「いや、ちょっと判らないな」

「運ばれたのは外科？」

「ああ、手の怪我だから、もちろん外科だよ……」

質問ごとに、亜紀は表情が厳しくなる。それに対して水方は、どういう訳か冷や汗でも出そうな雰囲気だ。やり取りを見ながら、稜子はひどい胸騒ぎを覚えた。歩由実に言えないような何かがあったのかと、嫌な予感に鳥肌が立った。

亜紀は一拍、沈黙する。

そして水方に、一言問いかける。

「――精神科には、見せました？」

その瞬間、水方の表情が劇的に変わった。亜紀の言葉と同時にさっと表情が固まり、一瞬の後に目を剝(む)いて激怒したのだ。

「うっ……うちの娘を気違い呼ばわりする気かっ！」

あまりに激しい怒鳴り声に、稜子は飛び上がるほど驚いて身を竦ませた。

その居間に反響するほどの怒号は、今まで一度も聞いた事が無い、水方の怒鳴り声だった。普段の穏やかな水方からは想像もできない姿だった。水方はテーブルを叩くようにして立ち上がり、怒りに震えた声で亜紀を怒鳴り付けた。

「医者もっ！　お前もっ！　お前はっ！　いったい何の権利があってっ………！」

顔を真っ赤にして、喉が割れるような声で、水方は叫ぶ。

「…………！」

稜子は驚きで、声も出ない。

亜紀も一瞬驚いた顔をしたが、逆に睨むように目を細めて水方に対峙した。

「……落ち着いて。どうかしましたか？」

「だ、黙れっ！　おっ、お前に歩由実を中傷する権利があると思ってるのかっ！」

神経を逆なでするような亜紀の言いように、水方が逆上する。

だが激高する水方に対して、亜紀が内側に溜め込むように怒りを蓄積させているのが、稜子には手に取るように判った。怒り出した水方に対して、亜紀は明らかに腹を立てていた。亜紀は相手が感情で来ると、感情で反発する性質だ。

「気のせいです。落ち着いて下さい」

努めて事務的に、亜紀は言う。水方を挑発していた。このままでは泥沼になるのは、火を見るよりも明らかだった。

「でも、まだなら診せた方がいいですよ。精神科に古い考えをお持ちのようですが」

「…………！」

水方は唇を震わせて、怒りのあまり青白い顔になっていた。

「でっ、出て行け！」

水方は叫んだ。

「出て行ってくれ！　早く！　ここから！」

いつもの柔和な顔は、今の水方からは窺いようも無かった。

睨み付ける水方を、亜紀が睨み返す。

そして厳しい目のまま視線を外す。

「……行くよ、稜子」

そして亜紀は言って、さっさと居間を出た。

「あ……」

稜子はそんな亜紀を見て、水方を見て――慌てて水方に一礼して、亜紀を追って、部屋を出て行った。

2

…………………………

なぜ自分がこんな所にいるのか、歩由実は理解できなかった。

あまりにも脈絡なくそこに居たため、歩由実は何が起こったのか全く判らなかった。

ベッドに、歩由実は寝ていた。

だが何故か、体が動かなかった。

白い天井、白い壁。

薬と、消毒されたシーツの匂い。

白い、部屋。

ここは病院だ。

ここは確かに病院だったが、本当に病院なのか、歩由実は判断が付きかねた。

たった一つ、病院では有り得ぬ、不可解なものが、部屋にあったのだ。

木が、生えていた。

歩由実の括られたベッドの脇に、太い巨木が、黒く捩じれた幹を晒していた。

大人の二抱えはありそうな、捩じれて歪んだ大木。

どうしてこんなものがあるのか、全く判らない。

白い天井は厳然と存在するのに、その数メートルはあろうかという大木は、どうやってか部屋の中に収まっていた。もちろん天井は普通の高さで、そんな事があり得ないのは簡単に判るのに。

騙し絵のように、木は部屋に収まっている。

部屋が決して大きくない事も、木が巨木である事も、感覚的に解っている。

だが視覚の上では、巨木は部屋に入っていた。

その青く瑞々しい、枝葉を伸ばして。

幻覚だと、悟った。

そのあり得ない光景を、呆然と、歩由実は眺めた。

――ざあ、

幻の風が吹き、枝葉が煽られた。

一面の青い葉が一斉に、ざわ、と風の音を鳴らした。

がさがさと葉は鳴り続け、その音は徐々に歪み、まるで調律されているかのように、変化して行った。音は割れ、多様性を持ち、一つの複雑な和音となって、完成した。

それは、しわがれた人の声だった。


――さあ、ここに来て、収穫を始めるのだ。

声は、ざわざわと部屋に響いた。

——お前の親のために、実を持ち帰るのだ。

がさがさ、がさがさ、枝葉は風に煽られ、言った。

声は壊れ、また再構築され、受信不良のラジオのように不安定に語りかけた。

言っている事の意味は解らなかったが、歩由実はその声を、何故か懐かしいものとして聞いていた。

——沼の主に、気を付けよ。

葉は擦れ合い、さらに語る。

歩由実はその光景と声に包まれ、現実感の失われた世界を眺め続ける。

…………………

ふと、その時。病室のドアが開いた。

ドアは音も無く開くと、そこから軽やかな足取りで、一人の少女が入って来た。不思議そうに歩由実が見ている中、少女はベッドの脇まで来る。そして歩由実を見下ろして立ち、にっこりと透明な微笑みを浮かべる。

「……こんにちは〝三人目の三郎〟さん。やっぱり〝沼〟の主としては、ちゃんと自分の仕事をしなくちゃ駄目だよねえ」

そう言った少女を、歩由実は知っていた。

それは学校では誰もが知っている、〝魔女〟と呼ばれる同級生だった。

知ってはいるが、話をした事も無かった。その彼女がどうして此処にいるのか、歩由実には理解できなかった。

驚く歩由実に構わず、〝魔女〟は微笑う。

そして、

「私は〝沼〟の主。あなたに限りなく真実に近い事象と、選べる道を教えてあげる」

と、歩由実に顔を近付けて囁いた。

「何も知らずに運命に翻弄されるなんて、可哀想だものね」

そう、〝魔女〟は言う。

「せめて自分で選びたいよねえ？　梨の実を持ち帰るか、沼の主に呑まれるかは……」

その流れるような言葉は、魔法のように歩由実の心に直接滑り込んで来る。

身動きの取れない歩由実に、〝魔女〟は囁いた。

巨木の生えた病室で、ベッドに括られた病人に、魔女は静かに、囁き続ける。

…………………

＊

詳しい状況を聞いて一言、芳賀はこう言って灰色の眉を顰めた。

「――確かに少々、厄介な事になりましたね」

そして失礼、と言って立ち上がると、芳賀は携帯を取り出して応接間を出て行った。

皆の沈黙の中、稜子は重い溜息を吐く。

亜紀が口の端を歪めて、

「……悪いね。いきなりキレられて、思わず逆ギレした。軽率だった」

と穏便に済ませられなかった事を詫びた。

空目と俊也は鷹揚に頷く。武巳とあやめは、居心地悪そうに視線を逸らす。


「…………」


あれから、皆は急遽、空目の家に集められた。

本当は今日も歩由実の家に集まる予定だったが、歩由実がああなってしまったため、亜紀が早朝のうちに状況が変わったと、電話で皆に伝えていた。そして連絡を受けた芳賀がやって来て、このような状況になっている。何とか事情は説明したが、まだ稜子の中では整理が付いていない。

何かがおかしいと、稜子は感じていた。

感情のボタンを掛け違えたような違和感に、稜子は戸惑っていた。

いきなり怒り出した水方も、それに逆ギレした亜紀も、どこか不安定な自分も、みんな何かがおかしかった。しかし自分でどうすればいいのか、稜子には全く判らなかった。

何もかも、調和を欠いていた。

今まで普通だった事が、どこからか狂ってしまった。

どこで狂ったのかは判らないが、事態がどこかへ進んでいる事は感覚的に判った。

その行き着く先が〝破滅〟と呼ばれる場所である事も、何となくだが感付いていた。

「……どうも、失礼しました」

芳賀が、応接間に戻って来る。

そして元のソファに座り、一堂を見渡す。

「今、調べさせています。すぐに歩由実さんの入った病院は判るでしょう」

その言葉に稜子は安堵した。このまま歩由実と切り離されてしまう事が、一番危険な事だと思っていたからだ。

「良かった……判るんですね」

「ええ、簡単です。判明したらエージェントを送ります」

「え、エージェント、ですか？」

安堵した傍から不穏な単語が出て来て、思わず訊き返す稜子。

「別に危害は加えませんよ。〝我々〟の息のかかった病院に移送しましょう。そうでなければ大変に厄介で、かつ危険な状態になりかねません」

貼り付けた笑顔で芳賀。

過度に危険を強調する例の台詞に、俊也が露骨に嫌な顔をして皮肉を言う。

「危険？　お前ら以上にか？」

芳賀はうっすらと笑って俊也に視線を返すだけで、何も言わなかった。だが本当にそうできるなら、言葉そのままなら、それほど安心な事は無いでのはないかと、一般人代表の稜子などは思う。

亜紀が訊く。

「できる訳？　先生があの状態で」

「転院程度なら、何とでも理由は付けられますよ」

芳賀は答える。

「〝我々〟のやり方は圧力をかけるだけじゃありませんよ。〝設備のある病院に移す〟とか適当な理由を付けて、移送すればいいでしょう。そうすれば家に出入りできなくなった事による最大のデメリットは回避できます。それよりも——問題は、かなり状況が切迫している事ですな。どうです？　糸口は見付かりましたか？」

答えた後、そう言って空目に目を向けた。

空目は、静かに首を横に振った。

「いくつか仮定を考えたが、そこから踏み出すための情報が無い」

そして誤魔化しなど無しに、きっぱりと言い切った。

「特に先輩の関わる『物語』が見付かっていない事が、最大にして致命的な問題だ。どのような〝本質〟を持つ怪異か不明な以上、対処法が特定できない。あやめと〝異界〟を介して直接攻撃を加える事もできるが、現時点では何が怪異の本体か判らない。このままでは何か行動に出ても空振りになる公算が高いだろう」

かなり絶望的な事を空目は言う。

「『物語』が判れば、おそらく俺は感覚的に法則が理解できる。だが肝心の『物語』が不明な以上、外堀から埋めるしか無い」

「なるほど」

頷く芳賀。

「外堀はそっちの分野だ。何か判ったか？」

「調査中です」

互いに、実の無い会話だ。

聞きながら稜子は内心で焦っていたが、それは言っても仕方の無い事だった。

空目や芳賀にできない事が、稜子にできる筈も無い。それなのに文句を言う権利は、稜子には無い。

たとえ結果がどんな事になっても、責める権利は持っていない。

芳賀は言う。

「そうですね……君の〝仮定〟を聞かせてくれますか？」

空目は一瞬、眉を寄せる。

「……『大迫栄一郎』の著書を読み返して、思った事がいくつかある」

そして自分の考えを語り始める。元々こういう考察は空目の独壇場だ。付いて行けない事も多いが、このような異常な事態の結論は空目にしか出せない。

「大体想像できていると思うが、この件は大迫栄一郎本人か、もしくは彼の研究していた対象に極めて近しい怪現象だ」

空目は言った。

「実は大迫栄一郎の『昔話と童話考』という本に、少しだが『奈良梨取り』に触れている部分があった。ここで気になるのは、本来なら『奈良梨取り』を話題にする時は、三人兄弟と末子成功譚というモチーフを考察するのが民話研究としては普通だ。なのだが——ここで大迫は、奇妙な方面に考察を進めていた。末子成功譚から、なぜか〝末の子供〟を礼賛する結論を導き出していた。

この本では『末の子は何故か、古来より神に愛されている』と。別の本ではカインとアベルの例を引いて、『末の子供は神に近いものだ』とまで言っていた。これは末子成功譚から導くには、明らかに異端の結論だ。おそらく——これは何らかの鍵になるのではないかと、俺は思っている」

「……ほう」

興味深そうに、芳賀は顎に手を当てる。

「これらの論調を見るに——大迫栄一郎は、〝末子〟というものを確実に神聖視していたか、そういう理論を進めていた。末子は〝神〟、すなわち『異界の存在』を受け入れやすい存在だと考えていたらしい。末子というのは〝普通でないもの〟の言葉を受け入れる素養があるのだと。確かに弟だけ助言を聞いて成功する昔話は多いし、同様に『奈良梨取り』にある笹の鳴る音が助言するなどという現象は、冷静に考えれば幻聴以外の何物でも無い。
だが、この結論は研究としては、飛躍のし過ぎだ。大迫栄一郎の著書は体裁としては研究書だが、まともな学術書とは見做されていない原因もここにある。展開する論に、こうした露骨な飛躍があるからだ。だがもしも本人が、あるいは読んだ人間がそれを信じていたならば、俺達が真に受けてやる事にも意味がある」

「ほう、意味とは？」

「信じていたなら、それに基づいて行動を起こす可能性があるという事だ。特に魔術師は〝見立て〟という技術を使って『それ』を精神世界に持ち込み、それに則して現実を変容させようとする。もしも大迫が『奈良梨取り』という物語にシンボリックな意味を見出したなら、それはそのまま儀式という形に転用できる。キリスト教における儀式が聖書の逸話を元にしているように、また仏教の胎内巡りが輪廻転生を表すように、黒ミサがキリスト教儀式の反転であるように——魔術、そして呪術、妖術と呼ばれるものは、同様の見立てによって、儀式を構築する事ができる」

「なるほど」

「何が目的か不明だが、これら一連の怪現象は『奈良梨取り』を元にした見立てである可能性が高いと考えている。これが現在、仮説の中で最も気になっているものだ。だがあまりにも漠然としていて、絞り込みの役には立たない。これでは何者が行った見立てか、何を目的にしているのか、これから何が起こるのか、全く判らないからだ。

相手が『奈良梨取り』にどんな意味を見出したのかが判らない以上、少なくとも、解決の役には立たない。解決すべき『物語』が見付からないのであれば、せめて人間の〝実行者〟が居る事を願うしか無い」

空目の言葉に、芳賀が大袈裟に眉を寄せる。熟考しているようにも、苛立っているようにも見える。内心の読み切れない態度で、芳賀は空目を見て、咎めるように言う。

「背後関係は今調べています。ですが、完全に後手に回ってしまいましたね」

「それは最初からだ」

空目の答えは素っ気なかった。

「あまり〝我々〟の期待を裏切らないで下さいよ？」

芳賀がそう言うと、

「勝手なこと言うんじゃねえ」

と俊也が唸るように言って芳賀を睨んだ。芳賀が黙殺し、空気が険悪になりかかる。そのとき芳賀の携帯が鳴り、「失礼」と芳賀が部屋を出て行った。

他の皆は興味が無さそうにしているが、稜子は胸を撫で下ろす。

皆の精神力を尊敬する。これ以上この場の雰囲気がおかしくなったら、稜子はどうにかなりそうだ。

「………いいのか？　空目」

芳賀の姿が消えると、俊也は言った。

「何がだ？」

「先輩の移送だ。みすみす〝黒服〟に渡すのが、それほど安全な事か？」

眉を顰め、相変わらず〝黒服〟への不信感を剝き出しにしている俊也に、空目はあっさりと答えた。

「安全な訳が無い」

「おい」

「奴等の息がかかった病院だ。屠殺場に送り込むのと変わらん。奴等が少しでも危険だと判断すれば、あっという間に証拠も残さず〝処理〟できるだろうな」

空目は言い切った。はっきり言われた俊也は、自分で言った事なのに渋い顔をする。

「……そうだろ。心配じゃないのか」

「だが、このまま放置しても見殺しになるのは変わらん」

空目はそうも言う。

「そう考えれば、まだ俺達の手の届く場所の方が状況としては有利に働く。いざ対処法が見付かった時、会う事もできないようでは話にならない。即座に先輩の居場所へ行ける、そのために払う代価だと思うべきだ。大体、俺達の所に持ち込まれた時点で、かなり事態の深度が進んでいた。不利なのは最初から判っていた。今更どう状況が動いても、驚くには値しない」

「………くそっ」

そんな事を言っていると、芳賀が戻って来た。

芳賀は何故か深刻そうな顔で入って来ると、その場で座りもせずに皆を見回した。稜子は嫌な予感がした。芳賀は重々しく口を開いた。

「少々困った事になりました」

そして、芳賀は言った。

「歩由実さんの運ばれた病院は判ったのですが……すでに移送されていました」

「え？」

意味が判らず、稜子は訝しげな声を出す。

「それって、どういう……」

「別の病院に移すからと、水方氏が連れ出してしまったようです。そのまま、どこの病院にも入った形跡が無いと」

「……!?」

稜子が言葉を無くす。空目が呟くように言った。

「となると、家か？」

「そうですね。閉じ込められたのでしょう」

芳賀が答えて頷いた。

「良くない傾向です。一人で部屋に居るとか、そういう状態を続けると、〝異存在〟による精神汚染症状は悪化する傾向が強い。世に言う〝怪異〟というのは精神的側面が強いですから、意識するほど余計にはっきりと見えてきます。見ないようにするのも恐れるのも意識のうちですから、周囲に人間が居ない、気を逸らすものが何も無いという状態が、一番危険です。水方氏は娘を守るつもりかも知れませんが、かえって危険に晒していますよ。このままでは我々が手も出せない状態で、最悪の事態に至る可能性があります」

芳賀は思案する様子。先の対応を考えているようだ。

「全く……人間というのは、本当に何をするか判りません。行動だけなら〝異存在〟の方がまだ扱い易い」

煩しそうに、ぼやきのような事を口にする、芳賀。

亜紀が指摘する。

「先生は昼間は仕事ですから、その間ならどうにでもなるのでは？」

「娘が入院したからと、職場には欠勤の届けが出ているようです」

芳賀は首を振る。

「水方氏は、しばらくは二人で家に閉じ籠もる気でいるようですね。彼が職場に復帰するようなら、その手段はまた検討します。しかしそれまでに何も無いと考えるのは、楽観が過ぎるでしょう」

明らかに厄介な状態になっている雰囲気を、稜子は肌で感じていた。

深刻な雰囲気が、応接間の空気を重く侵蝕し始めていた。

稜子は必死で考えて、小さく手を上げて言う。

「……あの……強制入院とか、できないんですか？」

「正規の手続きでは無理ですね」

芳賀は即答する。

「非合法な手段だと誘拐になってしまいます。それほどのリスクを負う事を許容するほどの重要なケースであるとは、〝我々〟は考えていません」

稜子はその答えに納得できなかった。歩由実の状態は一刻を争うのに、リスクを負うケースでは無いという答えが解らなかった。

「でも、連れ出さないと、危険なんでしょう？」

「その通りですが？」

「命が危ないのに、助ける事が何でできないんですか!?」

思わず立ち上がって言う。すると芳賀は、す、と表情を引っ込めて、冷ややかな目で稜子を見返した。

「あなたは何か勘違いしているようですが……我々〝機関〟は、歩由実さんの生死など、究極的には関知していないんですよ」

「……!?」

その非情な台詞に、稜子は衝撃を受けた。

「我々の活動は〝異存在を秘密裏に駆逐する事〟であり、我々の存在が公になるかも知れないリスクを歩由実さん一人のために負うつもりはありません。人ひとりを誘拐監禁隠蔽するのにどれだけの手間とリスクがかかると？

我々は人類そのもののために働いています。そのためなら、一人の人間などいくらでも殺します。誘拐するくらいなら、殺して事故死扱いにする方が何百倍も手間が無くリスクも低い。はっきり言わせてもらいますが、ここまで歩由実さんを生かしておいたのも単にデータを取るために過ぎません」

「そんな……！」

「勿論、その人類の一部である歩由実さんが助かる事は歓迎します。そのため〝異存在〟を直接駆除できる君達に預け、そのデータを取るために、彼女は今まで自由を与えられ生かされていた。救えるなら良し。しかし不可能なら、最悪のケースが起こる前に〝処理〟します。君達の――空目君の存在が無ければ、ほぼ初めからそうなっていたでしょう。

さあ、考えて下さい。このまま行けば数日中に歩由実さんは〝処理〟されるでしょう。助けたければ君達が頑張るしか無い。失敗すれば我々は〝処理〟するだけ。我々に頼るのはお門違いというものです。理解できましたか？　頑張る気になりましたか？」

それははっきりと、歩由実を殺すという宣言だった。

そしてそこまで言うと、芳賀はいつもの貼り付けた笑みを、その顔に浮かべた。

「それでは――〝我々〟は善後策を検討しますので、失礼致します。何か進展がありましたら、また連絡します」

そしてそのまま、芳賀は部屋から出て行った。

あやめが、律儀にも見送りの役目を果たしに出る。

後には、沈黙が残される。

「…………」

稜子はしばらく呆然として、少しして、悲しくなった。

自分の甘さを突き付けられた。

分かっていたつもりだった。だがそれでもまだ全く分かっていなかった。

残された皆は、それぞれ深刻な、あるいは何とも形容し難い、しかし共通してネガティブな表情をして、黙ってそこに座っていた。

3

二日ぶりに寮へと帰った稜子にルームメイトが言った言葉は、確かに当然のものだったが、同時に残酷なものでもあった。

「あれ？　一週間くらい戻んないんじゃなかったっけ？」

そんな貫田希の言葉に悪気は無いのは判っていたが、予定が縮まった経緯が経緯だけに、稜子の心は動揺した。

先輩の家へのお泊まりの予定が無くなった経緯。

まさか「追い出された」などと言う訳にはいかず、稜子の返答には、思わず動揺と躊躇いが混じるのが止められなかった。

「う、うん……予定変更」

「ふーん。おかえり」

たったそれだけの会話なのに、稜子は心が少し削れる。まるで怒られた理由を誤魔化す子供のような、そんな罪悪感というか羞恥心が、稜子の胸にのしかかった。それが重い溜息を稜子に吐かせる。憂鬱さが、心の中から抜けない。

「……どうかした？　稜子」

希は問題集をやっていたが、稜子の様子に椅子ごと振り向いた。

「彼氏とケンカでもした？」

「ち、ちがうよぉ……」

間違っているが、妙な所で鋭かった。

武巳と気まずいのは確かだが、彼氏ではないし、問題もそれではない。色々な意味で笑えなくて稜子は控えめに抗議したが、希は聞く耳を持たなかった。

「駄目だぞお、キミが悪いんだったら、ちゃんと謝らないと」

トレードマークの癖っ毛に手櫛を入れ、お姉さんぶって言う。希は夏休み中はギリギリまで帰省しない組だ。というのもサッカー部にいる彼氏に付き合って、ずっと羽間に居残っているのだ。

こう見えて情熱の人なので、こういう事にはうるさい。

まあ、この場合は明らかにわざとだが。

「何か恋愛で辛い事があったら、お姉さんに相談しなさい」

「……同い年……」

「なんか言った？」

「別に……」

気を紛らわそうとしてくれているのは判るが、ちょっと困る。

希には悪いが、これぱかりは相談したからと言ってどうなるものでもない。だから稜子は、希に言う。

「あのね……大丈夫だから」

「そう？」

希は若干疑わし気に言ったが、それ以上は踏み込まなかった。元のように机へと向き直る希に、稜子は心の中で手を合わせた。

本当に申し訳ないが、これは希の手に負えるものではなかった。

「ちょっと出てくるね……」

そう言って、部屋を出た。少し一人になろうと思った。

階段の所にある大窓から、稜子は外を見る。もう時刻は夕方で、有色の太陽光は目に見えるほどだ。しばらく、稜子は何も考えずに景色を見ていた。何も考えない方が、かえって気持ちは整理できるものだ。

「…………」

そうしていると、不意にポケットの携帯が鳴った。

「ん……？」

心の作業が中断され、少し煩わしく思いながら画面を見ると——そこに出ていた名前を見て、稜子は飛び上がりそうになるほど驚いた。

『歩由実先輩』

慌てて、画面の通話ボタンを押した。

「もしもし⁉」

勢い込んで出たが、電話の向こうは沈黙していた。

だが電話越しに気配はするので、向こうに居るのは間違い無かった。大丈夫なのか？　どこに居るのか？　あれからどうなったのか？　訊きたい事はたくさんある。

「もしもし、先輩ですか？　どうしたんです⁉」

稜子は必死になって呼びかけた。

「先輩？　もしもし？」

何度も。すると、何度目かの呼びかけをした所で携帯の向こうから、消え入りそうに、ぽつりと一言、声が聞こえた。

『……ごめんね……』

「え？」

稜子は、思わず聞き返していた。

声は歩由実に間違い無いが、言っている内容が、良く判らなかったからだ。

「な、なんですか？」

『ごめんね……稜子ちゃん』

電話越しの歩由実は、泣きそうな、崩れる寸前の声で言った。それは今までの歩由実の、感情を抑え込んだ声とは全く違う声だった。今までの、どれだけ疲弊していても芯にはあった強い意志が、失われている声。それに何か破滅的なものを感じて、思わず稜子の背筋に、寒いものが駆け上がった。

「ど、どうしたんです!?　何があったんです!?」

『ごめんね、私ね……今、家を抜け出して、学校に居るの……』

「学校!?」

鸚鵡返しに訊ね返す。

どういう事なのか理解できない。混乱している稜子。

そんな稜子に、歩由実は言った。

か細い声。しかしそれはスピーカー越しに直接耳に囁くように、異様にはっきりと、稜子の耳に響いた。

『ごめん——私、死ぬ』

そのように。

「えっ……」

『教えてもらったの。本当は私、必要な子じゃなかった……』

歩由実はか細い声で、ぽつぽつと語る。呆然とそれを聞く稜子。頭の中が真っ白になっている。あまりにも突然の、決定的な破滅の言葉に、物が考えられなくなっていた。しかし歩由実は本気らしいと、その理解だけは、心臓に染み込んで来ていた。

稜子が応えて発した声は、驚きで完全に裏返った。

「……え？　え!?　あの、先輩!?」

『ごめんね。もう、これしか残ってないの』

歩由実は、稜子に対して本当に申し訳なさそうに、言った。

「先輩、なに言ってるんですか⁉　どうしちゃったんですか！」

『あのね、〝沼〟の主に教えて貰ったの。私は〝梨の実〟になったお祖父ちゃんを収穫するためだけに、この世界に生まれて来たんだって……』

「へ？」

意味不明な言葉に、混乱する稜子。

『そのためだけに、お兄ちゃんは死んだんだって。私達は『梨取りの兄弟』を演じるように、生まれる前から決まってたんだって……』

「え、あの、どういう……」

『〝沼〟の主が言ってたの。主に呑まれて〝私〟として死ぬか、梨を取って私の〝物語〟を終わらせるか、好きな方を選べ、って』

「え……？」

『だから、私は物語の登場人物だけど、最後まで〝私〟でいたいと思う……』

歩由実の声は相変わらず今にも消えそうだが、稜子はその中にある何かの『覚悟』のようなものを、敏感に感じ取った。

「っ！」

瞬間、走り出す。階段を駆け下りて、玄関へと走る。

「先輩！ 今どこにいるんですか！」

走りながら、携帯に叫んだ。歩由実を見付けて、止めなくてはいけなかった。

歩由実は本気だった。判ってしまった。言っている事は理解できないが、少なくとも歩由実が本気で死のうとしている事だけ、稜子は直感した。

『…………ごめん』

歩由実は居場所を答えなかった。

「先輩、早まらないで下さい！」

『……ごめんね、みんな頑張ってくれたのに』

「先輩！」

『もう、時間が無いの。すぐに私は、私じゃなくなっちゃう………』

「何言ってるんですか！ 駄目です！」

稜子は言いながら靴を履こうとしたが、片手と焦りでなかなか上手くいかない。ようやく靴を履き、寮の玄関から飛び出す。

門を走り出て、学校に向かう石畳の坂を、必死になって駆け上った。

その間も、稜子は携帯を耳から離さない。

「……先輩っ、駄目です！ どこに居るんですか！」

必死で呼びかけたが、歩由実は何も言わない。それでも稜子は、歩由実を説得しながら、学校へと走る。

「せっ、先輩っ、どこに……」

『………』

「聞いてますかっ？　先輩っ！」

息切れしながら、喋（しゃべ）って、走る。

学校の敷地が見えて来る。しばらく歩由実は黙っていたが、やがて再び口を開く。

『……ごめんね』

「先……輩っ！」

『みんなに、謝っておいて』

「駄目ですっ！」

『……ほんとに、ごめん。お父さんを、許してあげて』

「何……」

言ってるんですか、と続けようとした時、通話は切れてしまった。慌てて学校に駆け込んで、しばらく走り回ったが、いくら闇雲に走っても、広い校庭に歩由実らしい影を見付ける事はできなかった。

「先輩っ……！」

なおも呼びかけるが、息が切れて声にならない。

呼吸にぜいぜいと音が混じり、苦しくて立ち止まる。

はっ、と思い立ち、もどかしく電話アプリを立ち上げてリダイヤルした。コール音が鳴ったが、いつまでたっても呼び出すばかりで、歩由実が出る気配は無かった。心で焦りながら、稜子は待つ。

携帯を耳に当てたまま、しゃがみ込み、肩で息をする。

心臓の音を聞きながら待つ。その時、ふと稜子は気が付いた。

————♪

どこからか小さく、携帯の着信メロディーが聞こえて来るのだ。

携帯を耳から離した。見回した。耳を澄ました。

聞こえて来るのは、林の方だった。

学校の裏の山の中。深い藪（やぶ）で、スズメバチが出るので、滅多に生徒は入らない、そんな林の奥から、流行曲のメロディーが聞こえて来る。

「！」

躊躇いもせず、稜子は山に踏み込んだ。

下草を掻（か）き分（わ）け、蔓（つた）に足を取られながら、稜子は音のする方へ、必死になって分け入った。

深い緑の林の奥から、無機質な曲が聞こえて来る。そのあまりにそぐわない取り合わせは、白々しく、奇妙で、不気味だった。

徐々に曲は近付き、はっきりとしてきた。

曲に魅入られたように、稜子は進んで行った。

藪をかき分け、木の脇をすり抜け——稜子は、そこで、足を止めた。

薄暗い夕方の林の中、一本のひときわ大きな木に、何か大きな白いものが、だらん、と力なくぶら下がっていた。


「あ………」


稜子は立ち尽くし、目を見開いた。

静かで空虚な薄暗い林に、無機質で軽薄なメロディーが流れている。

白いシャツの少女が、一本の枝から下がっていた。

首には細い紐が巻き付き、白い喉が大きく縊れて、変形していた。

顔は眠ったように安らかだったが、世にも奇怪な方向を向いていた。折れた頸がビニールのように伸び、上に載った頭がごろりとあり得ぬ方面に倒れていた。

血の気の失せた手足が、空中に投げ出されていた。

その右手には、浅はかなメロディーを奏でる携帯が、しっかりと握られていた。

「あ……」

稜子は後ずさる。

「あ…………あ…………」

藪に足を取られて、その場にへたりこむ。

涙で、あっという間に景色が滲んだ。頭の中が、真っ白になった。

「あ――ああ――ああああああああああああ――――――！」

林の中に、慟哭が流れた。

泣き崩れる稜子を、ひどく安らかな顔をして、歩由実の遺骸が、見下ろしていた。

十一章　偽りの果実

1

警察にとって、〝機関〟にとって、そして俊也達にとって、慌ただしい一夜だった。

首吊り死体発見の報に、警察はすぐさま現場を封鎖し、報告を受けた〝機関〟が動き、稜子は〝機関〟の預かりとなった。

大迫歩由実の自殺。

知らない間に行われた、この最悪の事態。

深夜と言っていい時間の早朝に、俊也は家から呼び出しを受けた。突然の知らせに驚く間も無く〝機関〟の車に迎えられ、空目も、あやめも、亜紀も、武巳も、それぞれ学校へと連れ出され、そこで芳賀と顔を合わせた。

警察官のうろつく学校。

その会議室で、一同が顔を合わせる。

何事かと思った。

するとと悲壮な顔で俯く稜子が連れて来られ――――そこで稜子の口から、歩由実の最期の様子を聞かされた。

「――――現在、状況はこのような形です」

稜子の話を聞いて、難しい顔の一同に向かって、芳賀はそう言う。

そして鬱状態の稜子を会議室から出し、ついでに武巳も難色を示していたが構わずそれに付けて、そのまま五人で話し合いを始める。

この期に及んで何を話すのかと、俊也は疑問に思う。

それでも当然のように、芳賀は話を切り出す。

「さて、この状況ですが……どう思います？」

芳賀は言った。

俊也はそれを聞くと同時に、鋭く眉を顰めた。

「……どう思うかだと？『大変遺憾に思います』とでも言やあいいのか？」

芳賀を睨む。勝手に人命に関わる仕事を押し付け、失敗したら「どう思うか」とは、あまりにも人を馬鹿にした言い草だと思う。

「いえ」

芳賀は笑う。

「そんな事はどうでもいいんです。歩由実さんの自殺によって新しい情報が入りましたから、今回の〝異存在〟についての考察を進めて頂きたいと、そう言っているのですよ」

あっさりと芳賀は言い、テーブルの上で指を組む。歩由実の死など問題では無いと、明らかにそう言っていた。歩由実の死をあれほど盾に取っておきながら、この変わり身に、俊也は唖然とした。

「…………何だと？」

「今回の〝異存在〟の考察がまだだと、そう言っています」

芳賀は言う。

「歩由実さんの死で〝怪異〟は終わったのか、まだ〝感染〟する危険性があるのか、あの〝異存在〟は一体どういうものだったか、まだ判っていないでしょう？　それが全て結論として出るまで、君達の仕事は終わっていません。言いませんでしたか？　〝我々〟にデータを提供する事も、君達の仕事のうちだと」

「……聞いてねえぞ」

「そうでしたか？」

「聞いてねえ」

俊也は言う。亜紀も口を開く。

「少なくとも、それが仕事だとは言われてないね。契約の不備じゃ？」

「そうでしたか。それは失礼」

しゃあしゃあと芳賀は答えた。

「では言い忘れましたが、君達の仕事は、被害者の生死よりも、データの方がよほど重要なのですよ。元々〝我々〟の方法論では歩由実さんは〝処理〟するしかありませんでしたし、感染している『物語』について判らないというケースも、考察すらされずに消えていた筈でした。確かに今回は不幸な結果ではありましたが、本来の予定と変わらないので、気に病む必要はありません。それより貴重なデータが取れましたし、よく似たケースを救えるノウハウがそれによって将来確立されるかも知れません。そちらの方がよほど重要です」

「………っ！」

俊也は怒りのあまり、物が言えなくなる。

もし稜子を外へやらずにいたら、卒倒でもしていたかも知れない。芳賀の言うのは、徹頭徹尾吐き気がするような合理主義だ。それに何より俊也の気に触ったのは、芳賀が完全に歩由実を使い捨てにするつもりで、その上で人道を盾に俊也達を謀った事だ。

この男は大多数のためなら、少数の命も、その意思すらも一片の躊躇もなく切り捨てられる人間なのだ。たとえその考えがどれだけ正当でも、俊也にとっては感覚的に最大レベルで嫌いなやり口だ。

空目にも似た傾向はあるが、個人主義の空目は他人を騙してまで利用する思考をしない。

多数である事を背景にした芳賀の、ひいては〝機関〟の考え方が、それを正義と考えている意識が、俊也は何よりも気に食わない。

「……それが、お前らの正義って訳か？」

俊也は唸るように言う。

「その通り。正義というものの、一面ですよ」

芳賀は笑みを浮かべて言った。

「多数のために行われる少数への悪と、少数のために行われる多数への悪。これを共に正義と呼ぶのでしょう。我々は前者というだけです。さて、では当初の用件を始めましょうか。どう思います？　空目君」

芳賀は先を促した。

「ちっ……」

俊也は憮然とする。そうする事で何かが解決するなら、一度は確実に殴っている。

そんな周りの遣り取りには我関せずといった様子で、空目はしばらく思案げな顔をしていたが、やがて口を開いた。その表情はいつものように乏しいが、微かに不愉快そうな色が、目元にあった。

空目は他人の言動など、不愉快に感じる事は、ほぼ無い。

空目は明らかに、歩由実の件で間に合わなかったという事実を、不愉快に感じていた。

「……今まで目的が判らなかったが、大体判った。あれは『奈良梨取り』をモチーフにした、小崎摩津方を復活させるための儀式だ」

空目は言った。

「は？」

思わず胡乱げに、俊也。

「復活だ？」

「そうだ。魔道士・小崎摩津方の復活。正確には〝人格の乗っ取り〟と言うべきか」

空目は答えた。全員がその結論に訝しげな顔をしていた。俊也は苛立ちをそのままに、つい噛み付くように空目に言う。

「おい、そんな馬鹿な事があり得るのか？」

「知らん。だが重要なのは実行者が〝それ〟を信じている事であって、俺達が信じているか、本当にそのような現象が存在するかは、全く関係が無い」

きっぱりと答える空目。

「事実として、遙か昔から死者復活の儀式というものは存在する。神話や伝説、昔話にも死者復活のモチーフは多い。密教にも死者蘇生に関する術法の例があるし、中国のタオにも死者に関わる儀式がある。民間信仰となると尚更で、死者復活の儀式が驚くほど存在している。主にこういったものを伝えるのは祈禱師で、地方には信仰の対象として今でも祈禱師が残っている事がある。この死者の復活思想は現代にも根強く残っていて、個人の妄想的な部分を含めれば未だに例がある。いつだったか祈禱師が、死体を復活のために何週間も布団に寝かせていた事件があったろう。統合失調症の患者が死者を生き返らせるため、儀式めいた行動をとる例もある。実行する者が存在する以上は、俺達が信じているかどうかは関係ない」

淡々と、空目は言う。

「その通りですな」

芳賀も頷く。

「〝我々〟の敵である〝異存在〟は、そういった人間の精神的な部分から発生して生まれて来るものです。個人の中に留まっている間は〝妄想〟で済みますが、ひとたび〝異存在〟として顕在化すれば〝感染〟します。存在する以上は、消し去らなくてはなりません。君の思想も信念も、現実の前には関係が無いのです」

「……」

俊也を見て言う。俊也は睨み返す。

それを無視して、「続けて」と芳賀は空目を促した。

まるで納得いかなかったが、空目の邪魔をしてまで憎まれ口を叩く気は無く、俊也は喉の奥で唸りながら、黙った。

「言った通り、これは儀式化された『奈良梨取り』だ」

空目は続けた。

「状況的に、断片から想像するしかないが、大迫栄一郎、すなわち魔道士である小崎摩津方は伝説の研究で末子成功譚を考察するうち〝末子〟を『異界』に近いものとして神聖視するようになったのだろう。そのうちにイメージか妄想が広がったのか、摩津方本人か、または魔術の弟子などの小崎摩津方の後継者が、代表的な末子成功譚である『奈良梨取り』を〝小崎摩津方の復活の儀式〟として仕立て上げたと思われる。鍵である『奈良梨取考』の出版依頼が摩津方の死後にされたのを見るに、おそらく後者か、それとも摩津方が遺言として儀式の手順を残したのだろう。だが少なくとも、全ては俺達が生まれる前から始まっていた筈だ。この儀式、すなわち『物語』の最初のエピソードは二十年近く前に発生しているからだ」

「……エピソード？」

亜紀が訊ねる。俊也も同じだ。二十年も飛ばれても判らない。

「〝長子〟の死だ」

「…………ああ」

言われて俊也は思い出す。

歩由実が言っていた、五歳で死んだとかいう長男だ。歩由実が生まれる前の話。余計な事として、時間軸上では考えていなかった。

「少なくとも、この前後から全てが始まっているのは間違い無い」

空目は言う。

「『三人兄弟に梨取りに行かせ、二人が死んで末子が梨を持って帰る』このプロセスを〝復活の儀式〟にするためには、物語に〝死した小崎摩津方〟を挿入しなければならない。

そこで〝見立て〟が行われる。枝にぶら下がる物である『梨の実』を、ここでは同じく枝にぶら下がる物である『首吊り死体』のメタファーに使った。これに従って、小崎摩津方は首を吊る。こうする事で、梨取りの意味はすり代えられる。先輩は三人兄弟の末として、首を吊った祖父を〝収穫〟に行かされた。末子である先輩は〝そういった異常なモノ〟を受け入れ易い存在と見做された訳だ。物語の梨の実が『生命力』を象徴しているのも大きかったと思う。病気の母親が梨の実を食べて快癒するように、元々昔話に出てくる果実は生命力の象徴として描かれる事が多い。『桃源郷』然り『桃太郎』然り、生命の象徴である果実と同一化する事で、摩津方復活の願いを込めた」

「………」

「だが、ここで先輩に受け入れさせるためには、必要になる事象がある。摩津方自身が〝異常な存在〟になる事と、先輩に〝受け入れ態勢〟ができる事だ。自身も魔術師であり、また怪異や都市伝説に造詣が深かった摩津方は、おそらく彼ら〝黒服〟が言うところの、〝異存在〟と〝霊感〟のシステムをかなりの部分まで解明していたのだと思う。摩津方はこの条件をクリアする必要が出てきた。そのために作ったのが『奈良梨取考』だ。

　魔術儀式が〝霊感〟を開発する事実を応用し、木戸野の時のＦＡＸと同じ要領で儀式を本文に書き表す。同時に摩津方に関する、怪異としての情報も書き込む。この原稿を摩津方の後継者に渡し、後継者が時期を見て、本の形に印刷する。これを読ませると、先輩の受け入れ態勢が整うと同時に摩津方の怪異情報が知識として刷り込まれる。『奈良梨取考』は、いわば摩津方を蘇らせるプログラムのインストーラー付きデータパッケージだ。これを読むとプログラムに反応し、一種の催眠状態で本を処分して、その後に記憶が消える。やがて怪異にやられて首を吊り、終わる。それが兄弟で、かつ三人目に移行すると、摩津方の人格が憑依して意識を乗っ取られる。死者の人格の憑依というだけなら、現象としてはそう珍しいものでは無い。普通の怪談にイタコ、殺した六部（ろくぶ）が子供に転生する話などいくらでもある」

　聞けば聞くほど奇怪な話だ。俊也は再び疑念を口に出す。

「……本当に、摩津方が蘇るのか？」

「さあな」

　それに対しても再び、一言で空目は斬って捨てる。

「先輩が自殺した以上、事実関係は闇に消えた。日下部の話を聞く限りでは、先輩は摩津方に人格を奪われるのを拒否して首を吊ったように思う。だが本当は、そんな複雑な儀式は失敗して、読んだ者は首を吊るという単なる『呪いの本』になったのかも知れん。いずれにせよ、これは死んだ魔道士による人格乗っ取りの儀式だ。ゴシックホラーの定番。和製エフレイム・ウエイト。まあ、それがいかなるものであれ――――そんなモノが存在する時点で〝機関〟とやらの仕事にとっては問題があるんじゃないか？　あんた達の言い方をすれば、色々と厄介な事があると思うが」

空目が言うと、芳賀は重々しく頷いた。

「もちろんです」

そう言って、渋い顔をした。

「個人が〝異存在〟のシステムを理解する例は、実際に少なからずあります。もちろん宗教儀式などに応用して事件が起こった事例も多くあります。ですが……ここまで確信的なものは今までに聞いた事がありませんね。いや〝我々〟の方法論では、見付けられなかっただけかも知れませんが。

その計画が事実なら、怪異が何らかの方法論によって完全に管理されている、という事になります。少なくとも計画加担者が居て、計画が外に漏れないよう情報を隠蔽しています。例の出版社も、計画加担者の仕業でしょう。その計画加担者が居る事で、被害が無差別にはなっていない点は、現在のところ〝我々〟にとって都合良くはあるのですが——それでも放置はできませんし、先の事は判りません」

何しろ三百冊も『奈良梨取考』は刷られている。翻って見れば、計画が失敗しても同じ事が続けられるという事であり、また管理されていると思われるそれが流出した場合、どんな事態になるか見当も付かない。

「その計画加担者が見付かるまで、事件は終わらないという事になりますか」

ふむ、と芳賀が言う。

「そうなるな。今回の件が仮に先輩の自殺で終わったと仮定しても、いずれ次が起こる確率は極めて高い」

空目が断定する。

「……なるほど、ご協力感謝します。なにせ〝我々〟はオカルトを前提にして想像を発展させるという思考をしませんからね。通常の任務では危険な考え方ですから、できないようになっているんですよ。〝教育〟と〝処置〟が施されています。そういう部分から、〝異存在〟は侵入しますのでね」

そう、芳賀は言って立ち上がった。

「それでは——今日のところは、これで結構です」

そして、例の笑みを残して、立ち去った。

窓の外の空は、そろそろ白み始めていた。

2

保健室の、ベッドの脇。

武巳は困っていた。話し合いの間、稜子の様子を見ていろと言われ、嫌がったが聞き入れられずに、一緒に会議室から出されてからしばし。

稜子はベッドの上で上体を起こし、俯いたまま。

武巳はそのベッド脇の椅子に、手持ち無沙汰に座ったまま、かれこれ一時間以上、会話が無いままだったからだ。

「…………」

俯く稜子に、武巳としては何と言っていいのか判らなかった。

事情の深刻さは武巳がケアできる範囲をあまりにも超えていたし、武巳は稜子との間にあった今までの行き違いを、まだ引きずったままでいた。

本当なら、武巳も会議室に残りたかった。

だが場の雰囲気は有無を言わさぬものだった。気が付けば武巳は強いられて、稜子を連れてここまで来てしまい、今更どうしようも無くなっていた。

「…………」

武巳は、保健室を見回した。

思えばこの学校に入学して以来、武巳は今まで、保健室に入った事がほぼ無かった。器具や薬品の置かれた白い部屋はそれなりに物珍しかったが、席を立って見て回れるような雰囲気でも無い。かといって慰めの言葉を思い付く器用さも無い。武巳がすっかり弱り果てて黙っていると、ベッドの上の稜子が、ぽつりと不意に口を開いた。

「……わたしね、ひどい人間なの」

「……へ？」

壁のポスターを見ていた武巳は、突然の言葉に裏返った声を上げた。

それはあまりに唐突で、脈絡の無い言葉だった。反応に困って、武巳は思わず間抜けな問いを返した。

「な、何が？」

「わたしね、ずっとお姉ちゃんから、何もかも奪ってきたの」

そう語る稜子の声は、淡々と、静かに沈んでいる。いきなり何を言い出すのかと武巳は訝った。だが少なくとも、何かの冗談を言っているようには、武巳にも聞こえなかった。

「わたしが生まれてから、お姉ちゃんは不幸になったの」

戸惑う武巳に、訥々と、稜子は語り出した。

「わたしが生まれてから、お姉ちゃんは、沢山のものを我慢しなきゃいけなくなった。今までお姉ちゃんのものだった世界が、全部わたしのものになったのを、わたしは知ってる。お姉ちゃんとは少し年が離れてたから、お姉ちゃんは無条件で我慢しなきゃいけなかったの。それからずーっと、お姉ちゃんはわたしのために譲ってきた。

お姉ちゃんは文句も言わないで、わたしの面倒を見て、いつもわたしを気遣った。わたしのせいで何もかも失くしたのに、お姉ちゃんはわたしの事を好きだって言ってた。お母さんの興味も、お父さんの興味も、おばあちゃんの興味も、みんなわたしに取られた。それなのに、お姉ちゃんは笑ってた。とっても優しいお姉ちゃんだった。『何でなの？』って思うくらい、優しかったんだよ？　わたし、嫌われても全然おかしくない……」

だんだんと、涙声になって来る稜子の声。

「みんな、お姉ちゃんよりわたしの方を可愛がったよ。わたしは純真な振りをして、にこにこ笑ってれば良かった。お姉ちゃんがやったら怒られるような事でも、わたしがやるのは許された。わたし、ずるい子だから、知ってて利用した。そうすれば、悪い事はみんなお姉ちゃんの方に行った。みんな、わたしとお姉ちゃんを比べた。みんなが陰で『妹は可愛いのにね』って言ってたの、わたし知ってる。あんなに優しかったのに、お姉ちゃんは何も持ってなかった。

唯一〝自分〟だけは持ってた。なのに、それもお姉ちゃんは私のために使った。わたしの事をいつでも気にかけて、心配してた。わたしの方がいっぱい、幸せを持ってたのに……！」

「……………」

武巳は言葉が見付からない。

「それなのに、わたし、お姉ちゃんから何もかも奪ったの。幸せも、時間も、宝物も、全部お姉ちゃんから取り上げた。昔ね、お姉ちゃんが高校生の時、お父さんから誕生日に指輪を買って貰った。銀色で地味だったけど、細かい模様が入ってて凄く綺麗な指輪で、お姉ちゃん、凄く喜んでた。わたしは小学生で指輪なんか嵌めないのに、羨ましくなって、ちょうだい、って言っちゃった。そしたら――お姉ちゃん、一瞬ものすごく悲しそうな顔をして、それなのに指から外して、『大事にしてね』ってわたしにくれたの。誕生日の、その日に。すごく悪い事した気がして、それでも欲しかったから、ありがとう、って言って――でもサイズが合わなかったから、すぐに落として無くしちゃったの。お姉ちゃん、何も言わなかった。怒られるかと思って、びくびくしてるわたしを見て、次からは気を付けてね、って、寂しそうに笑っただけだった……」

言いながら、泣き出す稜子。

「わたし、愕然とした。だからその時から、わたしはお姉ちゃんから何も取らないように、気を付けた。でもわたしはダメだから、すぐに失敗してお姉ちゃんに迷惑かけた。次こそは、次こそは、って、迷惑かけるたびに思って。わたしが何も取らなくなったら、きっとお姉ちゃん幸せになれるって……

でも全然ダメなのに、そのたびに、お姉ちゃんは、純粋なわたしが好きだよ、って言ってくれた。わたしは、こんなにずるくて、汚いのに。わたしは、純粋じゃないと許されないんだ、って。だから頑張って、何も知らない振りして、それもずるいって分かってたけど、いつか、本当にお姉ちゃんから何も取らないわたしになるまでは、って……それなのに……お姉ちゃん……死んじゃった……まだだったのに……まだ全然、幸せなんかじゃなかったのに……！」

稜子は抱きしめていたシーツで、顔を覆った。シーツに覆われ、くぐもった嗚咽が、真っ白な部屋に響いた。

「先輩だって、優しかったのに……！」

「……」

武巳は、神妙な顔で椅子の上で固まっている。何か言わなければと焦るが、頭の中は真っ白だった。稜子の言う事も支離滅裂で、それも武巳の思考停止に拍車をかけている。何も動けず動かず、そんな中で動いているのは、稜子の嗚咽と、武巳の苦しいほどに速い心臓の鼓動だけだった。

そのまま、ただ時間が過ぎた。

「………」

時計の刻む音が聞こえそうなほど、静かで重苦しい時間が過ぎた。

その中で、静かに、稜子の泣き声は収まって行く。

互いの沈黙が、二人の居る空間を満たす。

微妙な緊張と、奇妙な安らかさ。

「……ねえ……」

そんな中で、稜子がやがて、小さく言った。

「ん？」

「昔話では淡々としてたけど、お兄さんが死んだ〝梨取りの兄弟〟は、どんな気持ちだったのかな………」

小さな、小さな声で、稜子は訊く。

稜子が本当は何を訊きたいのか、武巳はすぐに悟る。

稜子が訊いているのは、歩由実が何を思っていたかだ。歩由実がお兄さんの死に際してどう思い、何を思って死んだのかを、本当は聞きたがっているのだ。

ひいては、稜子のお姉さんが。

それを、知りたがっている。

武巳はそう確信する。

武巳は――

「…………」

武巳は答えられなかった。

窓の外が、白み始めていた。

＊

「…………」

皆が解放され、白々と夜が明けた時間。

武巳と稜子は学校から寮への道を、二人並んで歩いていた。

相変わらず、二人は無言だ。時と共に加速度的に強くなって行く朝日の中を、二人は並んで歩いている。

稜子の目元は、少し赤い。

つい十五分ほど前まで泣いていたのだから、当然だろう。

歩いている道に、全く人気が無いのが救いだった。ここが夏休み中の通学路で、しかも明けたばかりの早朝でなければ、さすがに武巳も人目を気にしていただろうと思う。両側を林に挟まれた、何度も通って見慣れた道は、その車道も、石畳の歩道も、目に見える限り、無人だった。

景色の中で、二人だけが、てくてくと歩いていた。

他の皆は、ここには居ない。寮生ではない他の皆は、まとめて〝黒服〟の車で送り届けられたのだ。成り行きで稜子と二人になる事が妙に多いという事実に、武巳は今更ながらに気が付いた。今までは当然のように一緒に居た。ギクシャクしてしまって、初めてそれを意識する形になった。

完全単位制のせいでクラスメイトというものが成立し辛(づら)いこの学校では、多くは部活動がそれに代わっている。なので武巳の認識では、空目と村神、亜紀と稜子という、友達グループを作っているというつもりになっていた。

ずっと友達グループとして行動しているのだと思い込んでいた。だが実際には、空目と村神と亜紀は一匹狼(いっぴきおおかみ)的な変わり者で、ノリや付き合いが良い方では無い。それに半ば取り残されるような形で、武巳と稜子だけがずっと一緒に行動し続けていた。

気付いてしまった。気付くと意識してしまって、こうして二人だけで歩いている状態に、武巳は黙らざるを得ない。先程の稜子の話も、かなり効いていた。二重の意味で、何を言えばいいのか分からなかった。

仮にも言葉を交わした事で、気まずさはかなり薄れていたが、それでも黙るしか無い。何とか慰めてやりたかったが、意識してしまうと何も言えない。そもそも何を言えばいいのか武巳では判らない。事情が事情だけに、不用意な事を言いそうで怖い。

結果、武巳も稜子も、ただ伏目がちに歩く。

二つの靴音が、規則的に、林の中の道に響く。

武巳はずっと、考えている。

どう言えば稜子を傷付けずに慰める事ができるか、一生懸命言葉を捜している。

「…………えーっと、さ……」

そうして、かなりの時間が経ってから、おずおずと武巳は口を開いた。

稜子は答えて、小さく顔を上げた。

「……うん？」

「あのさ、おれ兄弟いないから本当の事は判んないけど――何も取られたなんて、思わないと思う」

「……？」

不思議そうな顔をする稜子。あれだけ考えておきながら、切り出す言葉を間違えたような気がした。

「あ——えーと、だからさ。もしおれに妹がいたとして、心配して色々するとしたらさ、そうやって心配してる時ってのは、きっと幸せな事だと思うんだ」

頑張って言葉を重ねる。

「だからさ、それは奪ってるだけじゃないと思う。えっと、だから………」

「………」

やはり後が続かない。つくづく自分は向いていないと、心の底から情けなくなる。

「…………ごめん」

謝った。

言葉が続かなかっただけではない、今までの色々な事をだ。

それが通じたかは判らないが、小さく稜子は言った。

「ん……ありがと」

そして会話が途切れる。再び足音だけが、石畳の歩道に響く。

「…………ねえ、武巳クン」

やがて、稜子が口を開いた。

「ん……?」

「わたしね、先輩のお葬式、行こうと思うの……」

「え……」

その言葉に、武巳は少しだけ驚く。

水方を怒らせ、一度は追い出されたのだ。しかも歩由実の遺体も発見し、水方の心証は最悪でもおかしくない。

武巳なら、とてもではないが行けない。

しかし、いや、だからこそ、武巳は稜子に言う。

「いいんじゃないか？」

それが稜子に必要な事なのではないかと、武巳は思う。稜子らしいとも。すると稜子が、おずおずと武巳に言う。

「一緒に……行ってくれない？」

「え？」

「うん……やっぱり一人じゃ、不安だから……」

聞いた瞬間はさすがに強い忌避感を感じたが、消え入りそうな稜子の言葉を聞いて、武巳は心を決めた。

「……分かった」

「本当？」

「一緒に行くよ」

「うん……」

少しだけ、稜子の声が明るくなる。

「……ありがと」

それだけで、何もかもが事足りた。

元のように無言になった。だがその空気は、最初とは違っていた。

既に日は随分な高さまで昇り、朝日が道を照らしていた。目映(まばゆ)い朝日の降り注ぐ道を、二人は歩き出した。

その時――――

「おはよう、二人とも」

その少女の声に、武巳の足が止まった。

俯き気味の二人の視野に、突然、一人の人影が入った。

歩道の中央に、二人を待ち構えるように少女は立つ。そして驚く武巳と稜子に、にっこりと笑いかけた。

十叶詠子だった。

武巳は唖然とする。こんな陽も昇り切らない早朝に、どうして〝魔女〟がここにいるのか、全く理解を超えていたからだ。

「待ってたんだよ、〝鏡〟さん」

混乱する武巳をよそに、詠子は稜子に向かって言った。

「あんなに言ったのに、やっぱりあなたは関わっちゃったんだねえ……」

「……っ！」

隣で稜子が息を呑む気配。だが、詠子は微笑み、ゆっくりと首を横に振る。

「あ、いいんだよ。勘違いしないでね。私は責めてる訳じゃないの。そうなる事は、だいたい判ってた事だもの」

静かな言葉。

「誰だって、自分の本質を歪める必要なんて無いんだよ？　あなたが思って、行動するのだから、それを否定するなんて事、誰もできない。私の忠告を聞かなかったからと言って、私は怒ったりしなんかないよ？　それで〝沼〟の主に呑まれたとしても、それも一つの『物語』だものねえ？」

「な……!?」

まただ。この〝魔女〟は何を知っているのかと、武巳は混乱で言葉を無くした。

どう考えても、詠子から〝沼の主〟などという言葉が出てくる理由が無いのだ。どこで、何を知り、何をしようとしているのか？　そんな疑問が頭を巡って、武巳はものが考えられなくなる。

「だからねえ――――〝鏡〟さんに、最後の忠告をしてあげる」

詠子は石畳に佇み、言った。

「何回でも言うよ。私はあなたを気に入ってるの。あなたも、〝影〟の人も、〝ジェーファーフント〟君も、〝ガラスのケモノ〟さんも、〝神隠し〟さんも、〝追憶者〟君も、一人だってこんな事で失いたくないの。

でも、あなたはここまで来てしまった。もうこの先には、どの道を行っても収穫しか残されてない。だからせめて、あなたの向かってる結末を教えてあげる。台本も知らないで物語に参加してるなんて、あんまりだものねえ」

戸惑う稜子に構わず、詠子は〝忠告〟する。

この状況は――――何だろうか、『奈良梨取り』の、老婆の忠告を連想させた。

それを聞く事は恐ろしかった。聞いたら最後、物語の中に引き込まれて戻って来れなくなるような予感が働いたからだ。

しかし詠子は、先を続ける。

そしてその言葉は、稜子に、凄まじいショックを与えた。

「……いい？　〝優しい鏡〟さん。あなたは近いうちに、あなたの魂のカタチを作った過去に結末を付けなきゃいけなくなるよ。あなたの〝鏡〟をこんなにも薄く削り取った、お姉さんに関わる因縁が、もうすぐここで〝結実〟するの。あなたの役目はその〝実〟を収穫する事。お姉さんに関わる全てを、あなたは残らず奪い尽くす。そうしなければ済まされないの。だってあなたは、〝実〟を取りに山に入ってしまったんですもの」

「⁉」

「お姉さんが死んで、あなたは終わったと思ってる。でも本当は終わっていない。あなたはまだ、お姉さんの全てを奪い尽くしていない。せっかく許されるために〝純粋〟を突き詰めたのに、それじゃあ結末とは言えないよね。

それは、あなたが〝鏡〟を削り取った正当な対価だよ。許されるために〝純粋〟になったんだから、あなたはお姉さんの全てを略奪する資格がある。その心も、魂も、死も、全部、全部あなたもの。でも、このままでは〝死〟まで受け取ってしまう。そんなものを受け取ったら、あなたは死んじゃう。私は、それだけは避けて欲しいと思うの。形見分けの品でも、選ぶ権利くらいはあるんだから」

「やめて下さいっ‼」

稜子が叫んだ。怒りに震えていた。

今にも泣きそうな目で、詠子を睨み付けていた。つ、と頬に、涙が流れた。

「やめて…………下さい……」

そして言葉から、力が無くなる。

それ以上は何も言えず、涙を流しながら、稜子は下ろした手を握り締めて俯く。

詠子は微笑を浮かべ、二人の方へ歩いて来た。そのまま脇を通り過ぎ、何も言わずに学校の方へと歩み去った。

「…………」

まだ事件が終わっていない事を、武巳は感じた。

その〝魔女〟の訪れは、不吉なものとして、武巳の頭に記憶された。

3

歩由実の自殺から、三日が過ぎた。

警察から遺体が家に返され、歩由実の家では今朝、通夜が終わった。

今日、葬式が行われる。すっかり葬式会場の姿になった歩由実の家に、稜子はやって来ていた。

傍らには武巳が居て、二人とも学校の制服を着ている。式典の時にしか着ない服。喪服が無い以上、これが正装に一番近い。会場に入ってゆく人を見回すと、その中にちらほら、同じ制服を来た少年少女が混じっていた。みんな稜子の知らない顔だったが、多分、歩由実の友人達だろうと想像できた。

　参列者自体は、結構多い。

　近所には空き地を使って、臨時の駐車場が設けられていた。

　そこに並ぶ数台の車に、見るからに高価そうな車が混じっているのが見て取れた。かつては大迫家が名家だったというのが、こうして見ると実感として湧く。

　詳しく参列者に目を向けると、少なからぬ数の教師が混じっているのも見える。

「……行こうか」

「うん」

　思わず気圧されて見ていたが、いつまでもそのままで居る訳にはいかなかった。二人は意を決して、白黒の鯨幕に鎧われた会場へと入った。会場は一階の襖を取り払って、二部屋分をまとめたものだ。

　入口の所に、やって来る参列者へ挨拶する水方の姿があった。

　息を呑む。

　武巳と頷き合い、水方の前に立って、お辞儀する。

　目が合った瞬間、心臓が止まりそうなほど緊張した。怒鳴られ、追い出されるかも知れないと、稜子は思った。

「……」

だが、水方は何も言わず、会釈する。そして、会場の方へと、無言で促される。

稜子は安堵して、もう一度深々とお辞儀した。

花で覆われた壇上には、歩由実の遺影が快活に笑っていた。

＊

稜子にとって、この夏、二度目になる儀礼が終わった。

焼香の香りが立ち込める会場で、悲痛な顔をした水方の挨拶が済むと、会場からは人が引いて、棺が外に運び出された。

この後、参列者と遺体は火葬場に向かう。

しかし、そこまで稜子が付いて行く訳にもいかず、二人はここで帰る事になる。

皆が出て行った会場で、稜子は何もない壇上を見上げていた。後ろ髪引かれる思いで、稜子は去り難かった。

皆が出て行って、追い出されるまでは、この壇を見ていたかった。

武巳はそんな稜子に何も言わず、黙って脇に座っていた。

お葬式の香り。

こうしていると、先輩の事も姉の事も、何もかもが重なって思い出される。

悲しみが、つん、と鼻に染みる。時々すすり上げながら、稜子は目を赤くして、座り込んでいる。

……そうしていると、す、と廊下に接する襖が開いた。

見ると、水方が、そこに立っていた。

水方は悲しみが強すぎて、かえって表情が消えてしまったような、そんな表情をして稜子を見ていた。無表情なのに、確かな悲しみを抱えている、そんな顔だ。

稜子と、水方の目が合う。

「……すいません、すぐ、出ますから」

武巳が、稜子に代わって言った。

「……いいんだ」

立ち上がった武巳を、水方は動作で制した。そして静かに、水方は言った。

「いいんだ。それよりも………稜子ちゃん、歩由実を、見付けてくれたそうだね」

それは感情を押し込めた、淡々とした問いだった。

稜子は答える。

「……はい……」

「それで、歩由実と最後に、電話で話していたそうだね」

「はい……」

「そうか……今日は、来てくれてありがとう」

水方は、言った。

「良かったら、その時の事を、聞かせて欲しい。僕は何にも、警察から聞かされていないんだよ。まだ少しだけ時間があるから、できるなら、歩由実の事を聞かせて欲しい……」

言いながら、水方の表情が力なく歪む。

水方の顔には、たった四日の間に目に見えて深い皺が刻まれていた。その様子に稜子は、強く胸を打たれた。

「……駄目かい？」

「い、いえ、あの……怒って……ないんですか？」

訊ねる稜子。

「まさか。怒ってなんかない。君達の方が——正しかったんだ。僕の思慮が足りないせいで、歩由実は死んでしまった。怒られるのは、僕の方だ。僕が歩由実を、殺したんだ。

君達の言うようにしていれば、僕は子供をみんな失うような事は無かった。僕が、一番馬鹿だったんだ。くだらない事に拘ったから、歩由実は死んだんだ。全部僕のせいなんだよ。全部全部、僕のせいだ。全部僕のせいなんだよ……！」

悲痛な声で言って、水方はその顔を、両手で覆った。

僕のせいだ、と何度も繰り返して、背を丸め、嗚咽する水方。それを見て、稜子はまた、涙が出てきた。

「……判りました。わたしで良ければ、話します」

稜子は言って、武巳に視線を向けた。

武巳は一瞬戸惑ったが、何とか意味を汲み取って、その場を離れた。憔悴し悲しんでいる水方を、そしてきっとこれからそれ以上になるであろう父親の姿を、武巳とはいえ他の人に晒すのは憚られた。外で待ってる、と武巳は小声で稜子に言った。

「うん……ありがと」

稜子は頷く。

武巳が部屋を出て、歩由実の祭壇の前で水方と二人だけになる。

稜子は、歩由実の事を語り始めた。

水方は何度も頷き、涙を流しながら、その話を聞いた。

…………

……………………

4

夜は、すっかり更けていた。

寮へ戻り、お風呂から上がった稜子は、窓を開けて制服にブラシをかけていた。

今度は始業式まで、制服を着る事は無い筈だ。寮の前で振りかけた、清めの塩を念入りに払いながら、稜子は制服をクリーニングに出すべきか、しばらく悩んでいた。

そのうちスカートに皺を見付けて、明日にでも出そうと決める。

そしてクロゼットに制服を納め、一息つく。

椅子に座って、机に突っ伏した。

長い一日が、終わった気がした。

「………」

稜子は、今日の事を、思い出す。

悩んだが、お葬式に行って良かったと、稜子は心から思った。

胸のつかえが取れた。それまでは水方に追い出された事が引っかかって、稜子は歩由実の死に対してひどい罪悪感を感じていた。あの時に怒り狂った水方の記憶が、歩由実の死の後に何度かフラッシュバックした。それが歩由実の死を責めているような気がして、稜子はその度に胸が苦しくなった。

それが、許された。

稜子の話す歩由実の話を、水方は涙を流しながら真剣に聞いていた。

許して欲しい、と水方は言い、逆に稜子は泣きながら謝った。お互いに歩由実を思って泣いて——————そしてようやく、本当に和解ができた。

本当に、行って良かったと思う。

心の底から、そう思う。

「ん……」

机に突っ伏したまま、安堵に満ちた気分で伸びをすると、お葬式に持って行った鞄が腕に押されて、ばさっ、と机の上から落ちた。

「あっ……とと」

稜子は慌てて鞄を拾い上げる。いけない。これには大事な物が入っていた。

歩由実の形見分けを貰ったのだ。

水方と話をしていて、霞織の話になった。歩由実と同じ死に方をした、稜子の姉。そして歩由実を姉のように思っていたと稜子が話すと、水方はそれをとても喜んで、稜子に形見分けだと言って封筒を差し出したのだ。

茶色の大きな封筒。

封がされていた。

『……稜子ちゃんには、これを受け取る資格がある』

水方はそう言って、稜子に封筒を握らせた。感触では、中にノートのようなものが入っているように思えた。

中身は、まだ見ていなかった。

稜子は思い立って、鞄から封筒を取り出した。

机に封筒を置いて、ハサミで口を開いた。手を入れて引き出すと、中から出てきたのはやはり冊子だった。

だが。

——『奈、良、梨、取、考』

その本が封筒から顔を出した瞬間、稜子の背筋が凍り付いた。

白い革張りの冊子には、忘れもしない、あの忌まわしい題名が書かれていたのだ。

「…………!?」

滑らかな白革の表紙。

その中央に書かれた、墨痕鮮やかな書名。

稜子は息を呑んだ。何から何まで、あの霞織が死んだ日の記憶と同じ物。唯一の違いは背に分類票が張られていない事だ。稜子はもう一つの特徴を調べるため、本の裏表紙を恐る恐る開いて覗き込む。

そこに――――

あった。

『禁帯出』

そこにはあの持ち出し禁止印が、不吉な姿を巣食わせていた。縄が、あるいは蛇が這いずり回ったような、青黒く忌まわしい紋様。それがぐにゃぐにゃとおぞましく蠢きながら、表紙の裏に巣食っている。

「！」

見えた瞬間に、稜子は悪寒を感じて本から手を離した。

本が閉じ、青黒い烙印が、表紙の裏に隠れた。

元の白い表紙が現れ、机の上は静かになった。

しかし今にも間から模様が這い出して来そうな気がして、表紙を凝視する稜子の肌には、びっしりと鳥肌が立っていた。

「…………！」

稜子は混乱する。

何故この本がここにあるのか、全く理解できなかった。

歩由実の形見分けとして受け取ったのが、これ。悪質な冗談としか思えない。だが厳然として、目の前の机には『奈良梨取考』は鎮座していた。

あれだけ探しても、全く見付からなかった本。

霞織と、そして歩由実を殺した、呪われた本。

それを目の前にして、稜子の鼓動は速くなった。恐怖と、そして使命感のようなものが複雑に混ざり、稜子はその冊子を凝視していた。

これが歩由実の形見として稜子の前に現れた事には、何か意味がある筈だ。

そんな事を、稜子は凍った頭で考える。

霞織の、歩由実の死の姿が、脳裏をはっきりとよぎった。

紐の食い込んだ頸が浮かび、気のせいか息苦しくなった。

部屋には、誰も居ない。

明らかな死の影が、稜子を躊躇させた。

自分もああなるかも知れなかった。

死ぬ。

死ぬ。

死ぬ。

心の中で何度も躊躇し――そしてとうとう、表紙に手をかける。

「…………！」

忌まわしいものの封じられた扉を、開けた。

最初に、序文があった。

『全ての三人兄弟にこの本を与える。

それが血の連なりであれ、

魂の連なりであれ、

全ての三人兄弟は梨取りへと向かう資格を持つ』

意味は不明だったが、読んだ瞬間スイッチが入った。貪るように、いや、流し込むように、稜子は本文に目を通し始めた。

何が書いてあるかなど、判らなかった。理解する間もなく、目が文字を追った。読んでいるのではなく、流し込んでいた。目という入力装置を通して、脳に直接文字列を刻み込む。奇妙な記号が何度も含まれている気がしたが、検めるあらた余裕は無かった。言葉が意味を為していない気がしたが、そんなものは問題では無かった。ひたすら文字を追い、目で追った。何故こんな事をしているのか、自分でも判らなかった。

だんだんと視野が狭窄きょうさくして来た。

催眠にかかったかのように、体が文字列を追い続けた。

機械のようになって文字を追う体に、意識が恐怖で悲鳴を上げた。しかし体は、意識の言う事を聞かなかった。

凄まじい速さで、ページが繰られた。

ページを捲るごとに、周囲の様相が少しずつ変質して来た。

読み進めるごとに本の中身が溢れ出し、現実を侵蝕しているかのようだ。

肌で感じる世界が、徐々に違うものに変わっていった。

だんだんと空気に、異質なものが混じり始めた。

背中から覆い被さるように、異質な空気が澱み始めた。

それは夜気のように冷たく、また湿った空気であり、それが服に浸透して、ひたひたと背中に染み込んだ。空気は部屋に密度を増し、腕に染み込み脚を撫で、ひしひしと靄のように流れていた。

その〝空気〟は、背後から流れて来る。

見なくても、どこからやって来るのかは、はっきりと判る。

背後には、クロゼットがあった。


異様な空気と気配は、そのクロゼットから、その扉の向こうから、ひしひし、ひしひし、と漏れ出しているのだった。

固く閉じられた、クロゼットの扉。

その中に、何か異常なモノが居る。

物音一つしない。

動くような、気配も無い。

それでも、クロゼットの中には間違い無く〝何か〟があった。ただ、その〝向こう〟から、冷たい空気が流れ出していた。

纏わり付く空気が、顔を撫でる。

その空気は、水の匂いがした。

池のほとりに立ったような、澱んだ水の匂いだった。その冷たい匂いに、微かに甘い香りが混じった。

甘い、果実の香り。

それは梨の実の香りだった。

それは梨の実の発する、あの瑞々しい控えめな香りだ。それが水の匂いに混じり、ひしひしと部屋の中を流れている。

甘い香りが、なぜか凶々しい。

部屋の中に、澱んだ空気が満ち満ちる。

それを肌全体で感じながらも、体はひたすらに本の文字を追い続ける。

読み進むほどに、その空気は密度を濃くしていった。もう、そこが自分の部屋だとは、到底思えなくなっていた。

背中に、クロゼットの気配。

もう、ここは知らない空間。

誰か……誰か…………!

心の中で、意識が叫ぶ。

しかし何を叫んでも、自分の口は引き攣ったように閉じられたままだ。

目は機械のように、文字列を追い続ける。

手は機械のように、ページを繰り続ける。

やがて……

　　　　——きい

音が聞こえた。

高く細いその音は、背後のクロゼットの扉が開く音だった。

その瞬間、クロゼットの中から溢れ出してきたかのように、恐ろしい密度の〝空気〟が背中一面を撫でた。

背中を覆い、流れ、澱み、薄甘い香りが、部屋中に広がった。


「…………」


目が、文字列から外れた。

ページを繰る手も、止まっていた。

体の自由は、取り戻していた。しかし体は、やはり硬直して動かなかった。

否、動かないのでは無い。

動かす訳には、いかなかった。

意識が背中に、集中していた。そこに、今、何かが居た。

――――ぎい、

また、音がした。

それはクロゼットの開く音とよく似ていたが、微妙に違うものだった。

軋る音。

それは張り詰めた紐が、軋る音だ。

背中の向こう、クロゼットのある部屋の隅に、何かがあった。何かがそこに存在し、確かに揺れていた。

確かに、気配があった。

――――ぎい、

と音がし、部屋の中の〝空気〟が揺れる。

確かに質量のある物が、背後の向こうで揺れている。

腕を、背中を、悪寒が走る。

それが何かは、もう判っていた。

だが――振り向いてはいけないと、心の中で警報が鳴る。あの〝三つの約束事〟。それが絶対的な恐怖となって、体を束縛していた。

『本を読んでいる途中に寒気がしたら、決して振り返ってはいけない』

ぎゅ、と体が縮むように力が入り、奥歯が合わずに小刻みに鳴った。

振り向く事の代償が、容易に想像できた。

それは歩由実の、見ていた世界だ。

そう、〝約束事〟でも言っていた。

『そこには死者が、立っている』

「…………………!!」

嫌だ。だが気にすればするほど、目はそちらに行こうとした。

嫌だ。駄目。目を見開いて、しかし歯を食いしばって、必死で正面を見ていると――目の前に鏡があるのに気が付いた。

机の上に置いていた、小さな鏡。

ぞ、と毛が逆立った。

見てはいけない。そう思った時にはすでに遅かった。

その時には、見てしまっていた。

クロゼットが、鏡に映っていた。

中に、白い人影があった。


ひゅっ、と息を呑んだ。

肺が大きく息を吸い込み、そのまま息が止まった。

見た瞬間に、吐き戻しそうになるほど、心臓が跳ね上がっていた。腕に、背中に、びっしりと鳥肌が浮き、全身の体毛という体毛が逆立った。

映っていた。

クロゼットの中に収まった人間が。

悪寒と吐き気で、息ができなくなった。

それは——姉の霞織だった。

クロゼットの中に、霞織の遺骸がぶら下がっている。

首にかかった紐が、ぎい、と軋んで音を立てている。

「!!」

振り返る。振り返らざるを得なかった。

目が後ろを向く。

ゆっくりと。

奥歯が鳴る。

震える視界。

心が拒否する。

……………やだ……やだ…………!

心の中で何度も叫ぶ。見たくない。それでも頭は振り向くのを止めない。

大きく開いたクロゼットの扉。それが視界の端に入る。濁った闇が満ちていた。別世界に通じたように、クロゼットの中は暗かった。

冷気がそこから噴き出していた。異次元の闇が、クロゼットの中に蠢いていた。

その闇の中に、それはぶら下がっていた。とうとう、それが視界に入った。

白く、力無く、ぶら下がる、死体。

血の気の失せた、その白い貌。


「…………!?」


大きく膨らんだ肺が、さらに空気を吸い込む。

だがそこにあったのは、覚悟していたものでは無く——稜子は見開いていた目をさらに大きく開いて、驚愕と共にそれを見詰めた。


自分の顔だった。


いつの間にか、自分がそこにぶら下がっていた。

首にかかった細い紐。自分の首を絞め上げる紐。

首は醜く変形し、折れて歪んでいた。自分の首吊り死体を見詰めて、稜子は凍り付いた。

――ぎい、

紐が軋る。

沼に吹く風が、甘い香りを運んで、冷たく暗鬱に、部屋の中に吹き抜ける。

…………

＊

お風呂から戻って来て部屋に入った途端、希は間抜けな声を上げた。

「あれっ？」

先程まで居た筈の、稜子の姿が消えていたのだ。

もう夜は遅かった。あと一時間もすれば消灯だ。こんな時間にどこに行ったのかと、希は不思議そうに首を傾げた。それでも涼みにでも出たのだろうと、すぐに希は結論づける。

だが、部屋に入ると少しばかり様子がおかしかった。

見ると窓が開けっ放しだ。

クロゼットも、開けっ放しだ。

「あー？　何やってんだあの子は……？」

呆れて希は、窓を閉めに近寄った。虫が入って来るので、開けっ放しは困る。

窓を閉める。

稜子の机の上を見る。見ると、茶色の大きな封筒に走り書きがしてあり、辞書で重しがしてあった。伝言のようなので、希は無造作に取り上げる。

「……なんだこりゃ？」

眉を寄せる希。その文字は、よほどの走り書きだったのか判読が難しいほど歪んでいた。左側に大きく歪み、まるで凹面鏡に映したかのようだ。

何とか、希はメモを読む。

「……用……事を……済ませてくる…………？」

どうも、そう書かれているらしかった。

メモを残すような内容だろうかと、希は訝った。

「何か急いでんのかな？」

希は呟き、開けっ放しのクロゼットに目をやった。

クロゼットの中には姉の形見分けだという白いジャケットが、ハンガーに掛かって静かに、窓の残り風に、揺れていた。

揺れたハンガーが、きい、と小さく、音を立てる。

十二章　収穫祭

1

葬式の片付けが終わり、最後の参列者を送り出した頃には、すっかり夜は更けていた。

それまでとは一転、虚無のように静かになった家で、大迫水方は一人、居間に座って過ごしていた。

何をしている訳でも無い。

先程まではテレビが点いていたが、普段は見ない時間帯の番組のため、詰まらなくて消してしまった。

新聞を手に取るが、すぐにテーブルに戻す。

何も手に付かず、重い溜息を吐く。

「………」

頭を抱えた。

何が悪かったのか、どこでおかしくなったのか、何度も水方は自問した。

だが、考えても、考えても、答えは出なかった。歩由実の事は、自分は一生懸命やった筈だった。

水方は溜息を吐いて、のそりと座椅子から立ち上がった。

これ以上、何を考えても無駄だ。分かっていた。そろそろ眠ろうと、水方は居間を出ようとする。すると家の前の道路に、車が停まるような音がした。

「……?」

水方は不審に思う。

こんな時間に、誰かが来た。

そうすると、少ししてから玄関のチャイムが鳴った。

参列者の誰かが戻って来たのだろうかと、水方は玄関に出た。しかし、そこに居たのは、全身を黒いスーツで固め、サングラスをかけた、二人の大柄な男だった。

「……どちら様で?」

不審も顕わに、訊ねる水方。

参列者にしては覚えがないし、何よりその男の纏う雰囲気が尋常では無かった。

「大迫水方氏ですね?」

黒服の男の、初老の方が水方に言う。

「……はい、そうですが」

「大迫歩由実さんの自殺について、いくつか不審な点があるのです。我々とご同行願えませんでしょうか？」

若い方の男が慇懃無礼に、しかし単刀直入に、用件を言った。

水方は訝しげに、二人の男を見上げる。

「不審……ですか？」

「はい」

「あなた、警察の方ですか？」

男達は、答えない。

しばらく、水方と男達は、無言で睨み合った。

そして、

「！」

突然、水方は不意を突くようにして玄関を閉め、鍵をかけて、身を翻した。

水方は慌てた。誰だか知らないが、どう見てもまともな素性の人間では無い。

裏の勝手口は、まだ鍵をかけていなかった。そこから入られると大変だ。廊下を抜け、居間に駆け込み、台所脇の勝手口に手をかけた。だが間に合わずその瞬間、勝手口の戸が強い力で外から大きく引き開けられた。

「っ！」

だが立っていたのは〝黒服〟の男ではなく、普通の服を着た大柄な少年だった。

その少年には見覚えがあり、水方は思わず見上げて立ち尽くす。

「⁉……君は……確か……」

学校図書館の利用者で、水方が憶えていない子は居ない。名前を言おうとした途端、少年が低い声で水方に言った。

「……すいませんが、おとなしく来てもらえますか」

それを聞いた途端、水方は回れ右して家の中に逃げ込んだ。

「う、わわ……」

何が何だか判らない。とにかくどこかに逃げなくてはと、縁側のカーテンを開けて、庭を見る。だが、そこにも人が居て、水方は立ち竦む。

「……⁉」

そこに居たのも少年だった。

その少年にも憶えがあった。黒一色の服を着た少年が、夜に包まれた庭に立っていた。その目は無感情に水方を見据え、しかし静かに恫喝の光を湛えていた。

そしてその傍に立つ、見た事の無い臙脂色の服を着た少女。

その二人の纏う雰囲気はあまりにも無機質で、まるで生身の人間では無いかのようだ。異界の美だった。一瞬その光景に、状況を忘れて水方は見惚れた。だがその瞬間、玄関の方でガラスの割れる小さな音がして、我に返った。

「！」

逃げようと走ったが、追い付いた大柄な少年に逃げ道を塞がれた。慌てて、脇にあった階段を、腰の抜けそうな足で、転びそうになりながら駆け上がった。階段を上がると、廊下は急に洋風になる。その廊下の奥へと走り、震える手で、ポケットから鍵を取り出す。

後ろからは、大柄な少年が迫って来ていた。

状況は判らないが、あの〝黒服〟の男達の仲間に間違いない。必死で鍵穴に鍵を差し込もうとするが、鍵の先が震えて上手く行かない。

少年が近付く。鍵が、鍵穴の周りの金具を叩く。

鍵が、鍵穴に嵌まる。何度も引っかかりながら鍵を捻り、ノブを掴む。

ドアを開け、部屋に入った。そしてドアを閉めようとして――――その腕を掴まれた。

「ひ――――！」

悲鳴を上げかけて、思わず少年を見上げた。少年は厳しい、しかし冷静な表情だった。

一片の容赦も見られない顔。相手のいかなる反応も見逃さないようにと、即座に対応できる

ように と、鋭く細められた、戦闘犬の目。

「うわ！　わ！」

摑んだ腕を、振り払おうとした。

しかしその手は蛇のように腕に巻き付き、捕らえて離さなかった。

少年の腕に、一瞬力が込もる。瞬間、摑んだ腕を、大きく引っ張られる。

「！」

気付いた時には、腕を捻り上げられていた。痛みに任せて体が流れ、そのまま床に転がされ、押し付けられた。

部屋の絨毯に、頰が埋まった。

古い絨毯が吸った埃（ほこり）の匂いが、水方の鼻を突いた。

＊

俊也が芳賀から電話を受けたのは、もう夜も回った頃だった。

「新事実が判りましたので、ご協力ください」

そんな内容の電話と共に、芳賀の車が家の前に停まり、すでにそこには空目と亜紀、あやめが乗っていたとなれば、俊也に拒否する余地は無かった。

車の中で説明を受けた。車には芳賀の他にもう一人若い〝黒服〟が乗っていて、助手席で説明に当たる。要は背景を調べるうちに不審な人物に行き当たり、それを拘束に行くという事らしい。

それだけの事なのだが、問題はその人物だった。

「捜査線上に挙がった名前は――――大迫水方氏、です」

片眉が上がる。だがどうしてその名が挙がって来たのか、その説明がある前に、水方の家に到着してしまった。

芳賀が言う。

「まあ、そういう訳ですので、協力いただいている皆様には、必要な情報かと思いまして。そのついでと言っては何ですが、確保にも協力いただこうかと」

「そうかよ」

何となく複雑な気分で請け負うが、ふと疑問を感じた。

「……おい、誘拐はしないんじゃなかったのか？」

訊ねると、芳賀は言った。

「容疑者なら話は別です」

あっさりと答えて、運転を続ける。原則は原則、実際は実際。そんな完全に割り切った考え方に、俊也は〝卑怯(ひきょう)〟というものに近い感想を抱く。

そういう柔軟さは、本来なら俊也も評価する考え方だ。

だが、その柔軟さを自分に向けられると、人は卑怯だと感じてしまうらしい。

自分の思考に、軽いジレンマのようなものを感じる。そんな事を考えているうちに、一同は大迫家の前に立つ。

「君達は裏口と周囲を見張って下さい。我々が正面から」

そんなひどく簡単な打ち合わせで、役割が決まった。

空目が庭に回り、亜紀が別方面の窓を監視。チャイムの音がして、玄関で話し声。それを確認してから、俊也は勝手口に近付く。

そして、
今、水方は俊也によって床に組み伏せられている。

合気道だったか柔術だったか、とにかく叔父に習った要領で後ろ手に右腕を捻り上げ、水方は為す術もなく床で呻いていた。

「ご苦労様です」

芳賀と、もう一人が現れる。

見ると、二人とも土足のままだ。

「……おい、こいつは本当に黒幕なのか？」

俊也は訊く。

怯えて逃げ回るばかりで、到底そんな大層な人物には見えない。

芳賀は答える。

「さあ、どうでしょう？」

「おい」

「それを今から調べるんです。まあ、油断はしない事ですね」

そう言って、芳賀は酷薄な笑みを顔に貼り付けた。

「まあ、とは言え——この部屋の様子を見る限りでは、何かを知っているのは間違い無いと思いますがね」

言うと、芳賀は部屋の明かりを点けた。

その時、俊也は初めて自分の居る部屋の姿を見た。

そこは、絵に描いたような洋風の書斎だった。書棚が壁を埋め尽くし、本と得体の知れないアンティークがぎっしりと並んでいて、古いが重厚で作りの良い、机と椅子が、窓のある正面に据えられていた。

窓を覆う、厚い、くすんだ色のカーテン。

これもまたくすんでいるが、精緻な柄が織られた、深い絨毯。

書棚には、古い革張りの洋書が並んでいた。そしてその色褪せた本が持っている独特の雰囲気は、確かに俊也にも、憶えのあるものだった。

「…………魔道書……」

思わず、俊也は呟いた。

「その通りです。魔術師の書斎ですよ。ここは」

芳賀は言って、水方を見下ろした。そうするうちに、残りの三人が二階へと上がって来た。

空目とあやめは例の如しだが、亜紀は水方が押さえ込まれているこの光景を見て、何とも複雑そうな表情を浮かべていた。

「……本当に先生が〝犯人〟なんですか?」

戸惑ったように、亜紀は言った。

どうにも信じ難いという、そんな表情だった。

水方は答えない。腕を極められ押さえ込まれた痛みに、時折抵抗して、呻くだけだ。それを見ている限りでは、確かに無関係な被害者に見える。しかし、芳賀は冷たい目で水方を見下ろしている。

「それがですねぇ……調べた結果、どうも『奈良梨取考』の自費出版をしたのは、この水方氏らしいのですよ」

芳賀が言った途端、水方の体がびくりと震えた。

「……本当ですか？　先生」

「…………」

戸惑ったまま亜紀が訊ねたが、水方は答えなかった。

「証拠もありますよ？」

芳賀が言う。

そうすると、水方はしばらく沈黙していたが――やがて顔も上げないまま、静かな声で言った。

「……証拠は残らず、消した筈ですが？」

それを聞いた途端、亜紀の表情が一瞬切なそうなものになり、すぐに無表情に覆われた。

水方は先程とは打って変わって、抵抗も呻き声もなく、全身の力も抜いて、人形のように無抵抗になっていた。

「出版社の者も、霞織君も、残らず殺した。証言できる人間は居ないはずだ」

そして言う。

その証言の内容に、俊也達の間に、険のような空気が滲んだ。

「まあ、隠滅されていたのは確かですがね」

芳賀は笑った。

「ですが、書類をシュレッダーにかけさせたくらいでは、完全な隠滅とは言えませんね」

静かになった水方に、芳賀は言う。

「細断された書類、残らず復元しましたよ。人海戦術でね。その中に発注書など、色々と見付けまして。偽名を使っていましたし、住所などもあれこれ迂回していましたが、まあ手がかりさえあれば特定は可能です。オカルトはともかく、素性の隠蔽などは、素人の域を出ていなかったようですね……」

芳賀がそう言って取り出したのは、シュレッダーされた細片をパズルのように並べて完全に復元した、書類のコピーだった。

その数枚の紙を、芳賀は水方の目の前にばら撒く。

「あそこにFAXを寄越したのも、あなたですね？　ヘッダは消してありましたが、この家からの送信記録がありました。さあ、それでは、一緒に来て頂きましょう。どうやって〝我々〟の動きを察知していたかは知りませんが、あなたの計画はここで終わりです」

芳賀は強い調子でそう言った。有無を言わせぬ調子だったが、それを聞いた途端に、水方はくくと笑い出した。

「……何も終わってなんかいない……」

「はい？」

「なっ……何もっ、ふふ……終わってなんか、ないっ、ぞっ……！」

痙攣するように笑い始めた水方に、俊也も芳賀も眉を寄せた。

「何を……」

「ひっ、おっ……終わってなんかないぞっ！　はは、親父は、親父がっ！　はは、生き返るんだ……親父っ！　偉大な、いっ、偉大っなっ、はっ、ははっ……！」

絶句する一同。

「あの偉大な親父がっ！　蘇る……んだっ！　はっ！　ははっ！　ひっ、ははっ！　終わってなんかっ、ひひ……もうっ！　遅いっ！　ひっ、ひひ……」

沈黙の中、水方の笑いはどんどん高くなった。組み伏せられたまま、水方は気が触れたように笑った。

「……っ!!」

その不気味さに、押さえている俊也の方に、冷や汗が浮かんだ。

「……もっ、もう遅いっ！　邪魔はっ、させんぞ！」

水方は、半ば痙攣しながら喋る。

「次の種は蒔いたんだっ！　ああああの娘にも〝資格〟があったからっ！」

それまで黙って聞いていた空目が、それを聞いて呟いた。

「————あの娘？」

「まさか！　もう〝次〟を見付けたと？」

芳賀が厳しい顔で呻く。そして水方に歩み寄り、その頭部を見下ろして、静かに、しかし有無を言わさない圧力を込めて問いかけた。

「次の犠牲は誰です？」

だがその瞬間、水方が絶叫した。

「……犠牲っ？　ばっ……馬鹿者めっ！　偉大な親父の〝依り代〟がっ……ぎっ犠牲なものか……っ！」

「!!」

耳が痛んだ。水方の形相が、凄まじいものになっていた。

「蘇るのだぞっ！　あっ、あの小崎摩津方がっ！　あの偉大なっ、偉大なっ、偉大なっ、偉大な、偉大な、偉大なっ……！」

口から泡を飛ばして叫ぶ水方に、すでに正気の色は見えなかった。いつから狂っていたのか判らない。だがもしも今まで接していた水方がすでにこの狂気を隠していたなら、それはあまりにも根深く、水方の脳の奥深くまで根を下ろしている事は間違い無かった。

「それが、それがっ！　犠牲なものかっ！」

目を血走らせて、怒鳴り散らす水方。

「………もういいです。連れて行きましょう」

それを無表情に見下ろして、芳賀が言った。

「この状態では話になりません。向精神薬を投与して、あとはゆっくり〝施設〟で話を聞く事にしましょう」

芳賀が軽く手を上げ、背後に居た若い〝黒服〟が水方に近付いた。その自分を完全に拘束しようとする気配に気付いた時、水方が俊也を見て、語調が急に変わった。

「……ひひ……偉大な任務のために、親父が僕に何も残さなかったと思っているのか？」

「あ？」

俊也は訝しげな表情になる。

「よく見てみるがいい。この部屋の絨毯の模様を。このために親父が僕に残した、くちなわの『使い魔』を………」

思わず、絨毯に目をやった。

その瞬間、空目と芳賀が同時に鋭い声で警告を発した。

「村神！　耳を貸すな！」

「いけません！」

聞いた時には遅かった。絨毯に織られた、蛇だか縄だか判らないモノがぐにゃぐにゃと絡み合った、黄色と赤と青を基調とした、吐き気がするような色彩の模様が目に入って、直後、それが這いずり回るように目の前で歪み始め、酔ったように意識が遠くなった。

「!?」

その眩暈を感じた一瞬に、押さえ込まれていた水方が、大きく身を捩った。

「……おい！」

俊也は驚く。正気に返る。いくら俊也に隙ができたとは言え、構造的に動けないように腕を捻っているので、無理に動けば骨が折れる。だから警告する。

だが水方は気にしなかった。

ぼきり、と恐ろしい音を立てて極められていた肘と手首を自らへし折り、外れた肩を奇怪な方向に捻じ曲げながら、そのまま水方は痛みを感じないかのように立ち上がった。

そして、にたりと笑う。

無事な左の手で、俊也の首筋に触れる。

「ち……っ！」

俊也はその手を掴んで払い除けた。水方の腕は外れたが、俊也の首には指を押し付けた感触を残した。

奇怪な呟きが聞こえた。

「〜〜〜〜〜」

俊也にだけ聞こえるような、低い小さな水方の呟き。その言語すら定かでは無い、這いずるような短い旋律を聞いた途端、俊也の脳裏と視界一杯に絨毯の模様がフラッシュバックし、その瞬間に首に残っていた指の感触が、ずるりと首を取り巻くように広がった。

「!?」

感触が蠢いて、素早く俊也の頸を一周する。

反射的に手をやるが手には何も触れない。首には何も巻き付いておらず、それどころか何も付着していない。だが直後、その〝感触〟が細い紐の肌触りとなって食い込み、あっという間に俊也の気道を絞め上げて、強く閉塞した。

「ぐっ……!?」

息ができず、堪まらず仰け反って、床に転がった。

首を両手で掻き毟るが、引き剝がすべき物体はどこにも無い。ただ縄の形に皮膚がくぼんでいて、それが首を絞め上げていた。

すぐ息が詰まって、頭から血の気が引いた。

「村神！」

亜紀が叫んで、俊也に駆け寄る。

水方が、

「ひっ……ひはっ……！」

と奇怪に笑い、俊也の下から這い出した。その間にも、俊也の頭の中は、窒息によって真っ白になりつつあった。絞め上げる力は急激なものではないが、引き剝がせないのが致命的だった。俊也の首が絞まる。亜紀にも、空目にも、何もできない。

だが——

「がはっ……！」

急に縄が引き剝がされ、息が通るようになった。

貪るように呼吸し、朦朧(もうろう)とした頭で何が起こったのかと確認した。

首にはまだ、縄の感触がある。だが一部が首から引き離され、何とか息ができる。

「……！」

目の前に、あやめがいた。

あやめは目を閉じ、必死の表情で、何もない空間に手をかけていた。

俊也の首周り。まるでそこに紐が見えているかのように、あやめは両手をかけて引っ張っている。小さな手は固く握り締められ、白い肌が縄の形に歪んでいる。

「ん…………っ！」

引き結ばれた口が、息を洩らした。

「よし、よくやった。そのまま少し耐えろ」

空目がそう声をかけて、水方に向き直った。目を向けると、水方は二人の〝黒服〟に追い詰められて、奥の机の上に立っていた。立派な机の上を踏み荒らし、一同を睨み付けながら、それでも水方は、笑っていた。

「ひ、ひひ…………」

常軌を逸した表情。そして目。

その水方に近寄り、〝黒服〟が無造作に左腕を掴む。

水方は目の前の〝黒服〟にだけ聞こえるよう、またもや口の中で何かを呟いた。そして折れた腕を平気で振るい、俊也にしたように〝黒服〟の首に触れた。

「……」

だが〝黒服〟は平然と水方の腕を掴み返し、だん、と机の上に引き倒す。

「……残念ですがね、その種の暗示を使った魔術は〝我々〟には通用しませんよ」

淡々と芳賀が言う。

「そういう〝異存在〟に繋がる認識を極力受け付けないよう、〝我々〟は催眠処置を受けていますからね。直接〝異存在〟そのものを認識共有でもしない限り、我々は『異界』から影響を受けません。無駄ですから諦めて下さい」

言って、ゆっくりと水方に近寄る。

「ひひ……」

水方は、笑う。

芳賀は首を振って、〝説得〟ではなく〝確保〟を命じた。

頷いて〝黒服〟が腕に力を込めた途端、水方がさらに、そこで暴れた。

水方の左腕が完全に折れて、その代わりに拘束が解け、机の上に両膝で、しかし仁王立ちになって、水方は笑った。

叫んだ。

「……もう遅い……あの娘は素晴らしい素質だ……蘇るぞ……偉大な、偉大な、偉大な、偉大な、偉大なっ！」

天を仰ぐ。

そして水方は、そのまま背後のカーテンに体をぶつけた。

「待て！」

ガラスが割れ、木枠の折れる凄まじい音がして、水方の姿が窓の外に消えた。〝黒服〟がカーテンを引き開けると、そこには大きく破壊された窓があり、水方の姿は無かった。

「…………」

窓を開け、夜の空間を、二人の〝黒服〟が覗き込んだ。

その様子を、呆然と眺める俊也。

気が付くと、首にあった縄の感触が消えている。

同じく呆然と窓を見ていたあやめが、はっ、と気付いて自分の手を見た。俊也を見て、手元を見て、そして不思議そうな表情をした。

あやめの白い手のひらには、縄の痕が、真っ赤になって残っていた。

きっと自分の首も同じようになっているだろうと、俊也は考える。

窓から外を見下ろしていた〝黒服〟が、顔を見合わせて首を振った。

亜紀と空目も窓に寄り、厳しい表情で下を見下ろした。

絶望的、という空気。

「……死んだのか？」

ゆっくりと立ち上がって、俊也は訊ねた。

空目は頷き、窓の外を指差した。だが日本家屋の二階から落ちたところで、庇もあるし、高さも知れている。俊也は不思議に思う。それなのに誰もが一目で判るような死に方をしたというのは、よほど打ち所が悪かったのだろうか？

俊也も窓から、下を見下ろした。

見下ろしてから、納得した。

そして同時に、その忌まわしい光景に寒々とした気分になった。

――水方はカーテンの紐が首に巻き付き、庇の端からぶら下がっていた。

水方の体はぴくりとも動かず、だらしなく庇で揺れていた。

明らかに首が折れ、奇怪な方向を向いていた。ぎい、とカーテンレールを軋ませて、水方は夜の闇の中で、小さく静かに、揺れていた。

2

あと一時間もすれば、消灯という時間になっていた。

武巳は寮の部屋で、ベッドに寝転がっていた。

この部屋には今、武巳しか居ない。

同室の沖本は、とっくに実家に帰省していた。

なので夏休み中、武巳は二人部屋に一人だった。とはいえ開放感があるかと言えば、決してそういう訳でも無い。武巳は他人と居るのが苦にならない性質なので、一人はかえって寂しいだけだ。だから暇を持て余して、武巳は寝転がっていた。

「…………」

勉強する気にもならず、今は読みたい本も無い。

それどころか今日は葬式帰りなので、色々考える事も多い。

歩由実が自殺してからの後、武巳達はきちんと全員で集まって話すという機会を持っていなかった。あの事件がどうなっているのか、武巳はとても中途半端な状態で放り出されていて、でもだからと言ってどうせ武巳には答えの出ない事なので、それを意識して考えようとは思ってはいなかった。

武巳の考えているのは、別の事だった。

武巳が考えているのは、今日の稜子の事。

今までもそうだったが、稜子の歩由実に対する入れ込みようは異常だった。もちろん武巳達も同情はしたが、あれほどの共感はどう引っ繰り返してもできなかった。

稜子は姉の事があるので、それで今までは何とか納得していた。決して良い共感の仕方とは思わなかったが、仕方ないだろうとも思っていた。だから、歩由実の葬儀に行くのも良いだろうと思った。それで断ち切れるなら、それがいいだろうと考えていた。

稜子は水方と話し合ったようで、目は赤かったが晴れやかな顔をしていた。

だが、帰り際の会話が、どうにも気になって仕方が無かった。

『でも、良かったな。許してもらえて』

『うん……ミナカタ先生、わたしを先輩の妹にしてくれる、って……』

確か、稜子はそんな事を言っていた。

妹にしてくれる？

些細な事だったが、この言葉がひどく引っかかった。

妹のように思ってくれる、なら判る。しかし妙に確信的に言った稜子のこの台詞は、何とはなくだが嫌なイメージを連想させる。

死者の、妹。

たったそれだけの事だが、稜子と水方が歩由実に関して、他人には窺い知れない世界を共有しているのが垣間見えた。明らかに稜子と水方は、歩由実という死者を特殊な形で共有している。後追い自殺でもしなければいいけど、と武巳は不安になる。

冥婚、という言葉が浮かぶ。

いつだったか空目に聞いた、死者に生者を結婚させるという風習。

妙に幸せそうだった帰り際の様子が、かえって不安だった。

ずっと考えていた。ずっと、かなり長いあいだ武巳は逡巡したが、やがて起き上がると、ベッドの枕元に放り出していた携帯を取り上げた。

そして電話のアイコンを押し、稜子に電話をかける。

取り越し苦労だと思うが、少し様子を見ておこうと思った。というより、様子を見ておきたかった。

呼び出し音が鳴るばかりで、稜子はなかなか出なかった。

やきもきしながら、それでもしばらく待っていると、だんだん強くなる嫌な予感を破って、やがて電話は繋がった。

「！　あ、稜子か!?」

勢い込んで武巳は言ったが、帰ってきたのは、稜子の声では無かった。

『近藤君？　残念、私は代理の貫田です』

それは稜子のルームメイトの、希の声だった。

「え？　あれ？　稜子は？」

頓狂な声を上げる武巳に、希は答えた。

『んー、あの子ねえ、ちょっとどっか行ってるみたいなんだわ』

「……どっか？」

『うん、携帯部屋に置きっ放しで、知らない間にどっか行っちゃってんだわ。だから電話には出られません』

言う希に、武巳の不安感が急増した。

慌てて武巳は希に訊ねる。

「あいつ、どこ行ったか判んない？」

『うん、判んない。書き置きあったけど、どこ行くとかは書いてなかった。……でも何か、急いでたみたいだよ？　すっごい汚い字で走り書きしてあったから』

「なんて？」

『〝用事を済ませてくる〟、かな？　読めないんだわ、すっごい字が歪んでて』

歪んだ字と言われて、連想が働いた。

何となく、不安が確信めいたものに変わっていった。

「あ……ありがとう」

ともかく、希に礼を言う。

『あ、ちょっと待って』

武巳が電話を切ろうとすると、希が引き止めた。

「な、なに？」

『あのさ、近藤君。最近稜子とケンカか何か、した？』

急にそんな事を聞かれて戸惑ったが、慌てていたので誤魔化す余裕も無かった。

「……あ……うん、ちょっとだけ」

希はそれを聞いて、いかにも楽しそうに含み笑いを洩らす。

『ふふふ、やっぱり』

「え、何が？」

『ううん、気にしなくて良し。あの子はいい子だから、あんまり泣かしちゃ駄目だよ？』

「へ？　あ、うん……」

どういうつもりで言っているのか知らないが、武巳は急いでいたので適当に返事をして電話を切る。

そしてすぐさま、電話をかけ直した。

数コールで、抑揚のない声が答えた。

『……何だ？』

いきなりの、短い問い。

今度の電話の相手は空目だった。

「あ、陛下⁉　ちょっと稜子の事で気になる事があるんだけど……！」

武巳は言う。そして葬式の時の稜子の様子や、今現在どこかに消えている事、歪んだ文字の書き置きなどの話を、空目に向かって早口でまくし立てた。

『……』

要領を得ない話だったにもかかわらず、空目は黙って話を聞いている。

電話の向こうで、しばし考えた様子で沈黙し、やがて武巳に向かって言った。

『近藤。葬式の時に、日下部は水方先生から何か受け取らなかったか？』

「えっと……え、何で知ってるんだ？」

武巳は驚く。稜子が何か形見分けを貰ったと言って、鞄に入れていたのを思い出した。

それを伝える。空目は答えず続ける。

『判った。良く聞け。今からお前のするべき事を言うぞ』

「え？　う……うん」

『まずは、女子寮から学校までの道を一往復しろ。そこで日下部が見付からなかったら、今度は学校に侵入して敷地内を虱潰しに探せ』

「へ？」

『重点を置くべき場所は木のある場所だ。首が吊れる木がある場所は、全部調べろ』

「お、おい、ちょっと……！」

『もし見付けたら、可能な限り日下部を足止めしろ。手段は問わん。連絡をよこせ。すぐに俺達も、そっちに行く』

言うや否や、電話は切れた。

何だか電話の向こうで、亜紀などの声が聞こえたような気がした。

「え……」

混乱のあまり、一瞬何をすればいいのか判らなくなる。虱潰しと言われても、この聖学付属がどれだけ広いと思っているのか。

しばらく武巳は、呆然とした。

それでも、やがて武巳はベッドの下から靴を取り出し、そっと部屋の窓を開けた。

＊

空目の電話が鳴ったのは、二階の窓から吊り下がった水方の死体を地面に降ろすという、世にも陰鬱な作業中の事だった。

「！」

緊張と沈黙が満ちている庭の空気を、電子音が切り裂く。

思わず振り返る亜紀。他にも。そんな視線の中、空目は無表情にポケットから携帯を取り出して、通話を押し、抑揚の無い声で応対する。

「……何だ？」

初めは淡々とした様子だったが、電話相手の話を聞くうち、空目の表情は、見る見る厳しいものへと変わった。

その様子は只事(ただごと)では無く、空目はいくつか電話に向かって話す。会話から察するに相手は武巳だと窺えた。緊迫しているが、そう長くはない電話を終えると、空目は端末をポケットに落とし込み、皆に向かって静かに口を開いた。

「日下部が消えたらしい」

動揺が走った。

「……どういう事？」

訊ねる亜紀に、空目は簡潔に武巳の電話の内容を要約した。歩由実の葬式から帰る途中、稜子の様子が怪しかった。そして稜子が姿を消して、そこには歪んだ文字の書き置きが残されていた、と。

「一応、日下部を探して、足止めするよう近藤に指示した」

空目は言う。

「だが急いだ方がいいだろう。どこかは知らんが、〝梨の木〟に到着されると間違いなく日下部は首を吊るぞ。学校内にある事は、間違い無いだろう。それまでに先回りできれば、何とかなるかも知れん。最悪でも追い付けば、日下部は止められる」

空目が目を向けると、芳賀は頷いた。

「……分かりました、車を出しましょう。その後の処置についても、考えがあります」

芳賀は言う。

そして他の〝黒服〟にこの場を任せる指示をし、「こちらへ」と皆を促して車に向かおうとする。

「おい、ちょっと待て」

その芳賀を、俊也が止めた。考えは亜紀と同じだろう。何でしょう、と振り向く芳賀に、亜紀は質問を投げかけた。

「その『考え』ってのは何？」

俊也も頷く。今までの経験から言うと、この〝機関〟の手段というのは専ら〝殺人〟のように思える。

「……ああ、日下部さんを〝処理〟するのではないかと危惧しているのですな？」

芳賀は答えた。

「ご安心を。幸い今回の件は人をキャリアにして〝感染〟して行くタイプでは無いようですので、通常〝処理〟ではない別の方法を考えています。もちろん〝処理〟の方が遙かに安全で確実ですが、せっかく協力を取り付けた空目君の機嫌を損ねようとは思いませんよ。人体実験同然ですが、あなた達はテストケースなのですから、せいぜい利用させてもらいます」

　そう言って、わざわざ貼り付けたような笑みを見せる。

「……………行くぞ」

　そんなやり取りなど聞く気も無さそうに、空目が皆に言った。

「でも、恭の字……」

「どちらにせよ車の方が速い。仮にこいつらが日下部を殺す気なら、徒歩の俺達では全く相手になるまい」

「そりゃそうだけどさ……」

　釈然としない。とは言え、我ながら俊也のような無駄に警戒心の強い事を言っているという自覚が亜紀にもある。

「それがわざわざ、乗せて行ってくれると言っている。有難く使わせてもらおう」

「……」

「他に手段があるなら、別だが？」

　空目の問いに、亜紀は溜息を吐く。

「……ないね」

「なら、急ぐべきだ」

　空目は言った。

「一刻を争う。全て利用すればいい。俺達は何も手札を持っていない。ならば余計な心配は、するだけ無駄だ」

3

——林の中を通る道を、一人の人影が歩いていた。

学校へ向かう石畳の歩道を、稜子はふらふらと、たった一人、歩いていた。その表情は虚ろで、心ここにあらずといった様子だった。足は裸足で、服は薄い部屋着のまま。もし誰かが通りかかれば、一目で異常と見て取れる姿をしている。

しかしその上には学校しか無い。山を貫く、暗い夜道には、誰ひとり、通る者は無い。

学校へ向かう、上り坂。

山を上がる、道。

その道を歩きながら、稜子は、自分の意思が散漫になっているのを感じていた。足は自分では無い何かに動かされているようで、身体は操作される機械のようで、今にも消え失せそうな意識が、辛うじて漠然と周囲を認識していた。

霞のかかった世界。

すぐにでも、闇に沈みそうな意識。

そんな状態で、何かに導かれるように、足だけが前へと進んでいる。

自分の体が自分では無いようで、自分の意識が自分では無いようで、生暖かい液体に浸けられたように、全てが緩慢で、もどかしく感じる。

誰かに歩かされているように、稜子は歩いていた。

山を通る道を、十字架を背負った罪人のように、ふらつきながら稜子は登っていた。

夜の道は両側を林に挟まれ、暗闇の中で、木々が頭から覆い被さっているかのようだ。木々は鬱蒼（うっそう）と茂り、夜風に煽られ、絶えずざわざわと、鳴っていた。

――ざわわ、

と葉の鳴る音は、まるで大勢の人間がざわめく声だ。

それは騒々しい均一の音に聞こえるが、よく聞けばそれぞれの葉が喋っている、高い音、低い音といった、重なり合う個性があった。

それが複雑に絡み合い、人間の声に聞こえる。

声は密やかに、あるいは高らかに、稜子に語りかける。

――がさ……け……

……け、

行け……

いけ…………いけ、

……いけ……

行……

……行け…………

その声は稜子を包み、意識を侵蝕し、稜子の知覚する世界を、一面に覆い尽くしていた。

風がうねり、木々の影が揺れ、音が、声が、意思が、歪み、捻れ、そして世界がうねって、大きく揺れて歪む。

――いけ……

……行けえ……

世界がうねりながら、融け合って意思を統一して行く。

その意思を敏感に映し取りながら、稜子はその意思に、呑まれて行く。

稜子が世界と共感した接点から、その巨大な意思が雪崩れ込む。その意思に従って、前へ、前へと、引き寄せられるように足が進む。

それは――『異界』からの、呼び声だ。

稜子の世界は、今や完全に、『異界』に塗り潰されていた。

――行け
　　行け……

風が吹く。

がさがさと。

その風は水の匂いを――それから甘い果実の香りを――山の上から、この道へと運んで来る。


……………

＊

武巳が稜子を見付けたのは、武巳が通学路を駆け登り始めて、すぐの事だった。

その姿を見付けて、追いかけて数十秒。まるで夢遊病者のように、しかも裸足で歩いていた稜子に追い付くと、武巳は息を切らせながら、思い切り、その肩を掴んだ。

「……おい、稜子！」

肩を掴んだ手にも、呼びかけにも、最初稜子は反応しなかった。

しかし進もうとする体を引き止めて、さらに肩を揺すって呼びかけると、ようやく呆然と、そして寝惚(ねぼ)けたような反応を見せた。

「おい！」

「え……あれ？　武巳クン………？」

強い呼びかけに、ぼんやりした目で稜子は武巳の顔を見返す。

それは初めは何も判っていない様子で、しかし徐々に正気を取り戻し、完全に自分の意思を引き戻すと、稜子は把握した自分の状況に、パニックを起こした。

「あ……わ、た武巳クン……っ！」

「待て、稜子、落ち着け！」

稜子以上に混乱しながら、武巳は稜子の両肩を摑んで落ち着かせようとする。

当然ながら拙いその試みは上手くは行かず、互いに互いの混乱に拍車をかける。

「や……あわ……や、やだ……………！」

「落ち着け！　落ち着けってば！」

武巳は稜子の肩を摑み、その摑んだ腕に、稜子がしがみ付く。二人とも完全にパニック状態になった。互いに訳の判らない事を口走りつつ、互いを摑んで叫び合い、互いの頭が冷えるまで、少しの時間が必要だった。

「やめて！　これ以上……お姉ちゃんから、何も奪わせないでっ！」

「…………！」

そして、その稜子の叫びを聞いた武巳の方が、頭が冷えるのが先だった。

何が起こったか理解できない、そんな状況の中、〝魔女〟の最後の警告が、武巳の頭の中をよぎったのだ。

「なあ、どうしたんだ!?　何があったんだ!?」

武巳は稜子に問いかける。

その問いに、稜子の表情に微かだが、理性が浮かぶ。

「あ……た、武巳クン……」

「どうした？」

「どうしよう……わたし……わたしじゃ無くなってくよぉ……！」

悲痛な表情で訴える稜子に、武巳は訝しげな顔をした。

「……は？」

「お姉ちゃんの〝実〟を取るために、わたし、いま呼ばれてるの。このままじゃ、わたし、何もかも全部お姉ちゃんから取り上げちゃう……！　解ったの、お姉ちゃんも、先輩も、みんな〝呼ばれた〟の！〝実〟になるか、〝取る〟方か、どっちか選ばなきゃいけないの。死ぬか、受け入れるか、選ばなきゃいけないの！

その〝実〟を取ったら、きっとわたしは自分じゃ無くなっちゃう。分かるの。わたしの中に別の人が入って来るの！　先輩はそれが嫌で自殺したの！　やだ……！　消えたくない、死にたくないよ！　誰か、助けてっ……！」

「稜子っ、落ち着け!!」

再び狂乱状態になった稜子を、武巳は激しく揺さぶる。これだけしかできなかった。それでも武巳も必死だった。

髪を振り乱し、稜子は悲鳴を上げる。

武巳の腕に、稜子の爪が強く食い込む。

武巳は稜子を逃がさないよう、必死でガードレールに押し付けた。稜子は武巳の腕にしがみ付いたまま、石畳に座り込んで泣き叫んだ。

押し付けた肩が激しく震えていた。

死を目の前にした恐怖に、為す術も無く震えていた。

武巳には、どうする事もできない。必死で押さえるしか、何もできない。

それでも押さえ付けているうちに、狂乱状態は徐々に収まる。それでもまだ震えながら、稜子は泣きじゃくる。

「やだよぉ……武巳クン……」

「大丈夫！　大丈夫だから！」

「……まだ死にたくない……わたし、まだ武巳クンに何にも言ってない……」

「何？　平気だから、落ち着けって！」

稜子の恐怖を必死で抑え込みながら、武巳は声をかけ続ける。稜子にも、自分にも、必死で落ち着けと言い聞かせる。

だが、直後に稜子が口走った言葉に、武巳は絶句した。

「……あのねっ、わたし、武巳クンが好きなのっ………！」

泣きながら言った稜子の言葉に、武巳は一瞬、自分の為すべき事を忘れた。

「……………え？」

「わたしね、武巳クンが好きだったの……ずっと黙ってたけど、好きだったの……っ」

「ちょっ……何を……」

「……だから、嫌なの……死にたくないのっ……！　この気持ちが消えちゃうのが嫌なの！　終わっちゃうのが嫌なの！」

「稜……」

「やだ！　わたしが消えちゃうのは……死んじゃうのはやだ！　……嫌あ！　呼ばないで！　わたし、ここから消えたくない………！」

稜子が叫び、強く頭を抱えた。

「わ……！」

完全に動揺していた武巳は、腕が大きく引き寄せられ、その場に膝を突いた。

稜子に覆い被さるようにして倒れてしまい、ガードレールに手を突く。その首筋に、稜子の手が触れる。

「！」

武巳は動転する。

稜子の顔が、武巳の顔にゆっくりと近付いた。

そして――――

「〜〜〜〜」

這いずるような低い呟きが、武巳に耳打ちされた。

瞬間、首に触れた稜子の感触が大きく蠢き、一瞬のうちに首に巻き付いた。

「――――っ⁉」

声も出せずに、武巳は首を絞め上げられた。慌てて首を押さえたが、まるで空気が巻き付いているかのように、手には何も触れなかった。窒息し、蹲り、転がった。耳鳴りがして、気が遠くなって、視界が真っ白になって――――

「――――」

稜子の紡ぎ出す呟きが、最後に耳に残った。

やがて耳鳴りの中に、武巳の意識は沈み――――そのまま、白い窒息の中に、何もかも判らなくなって、沈んで行った。

…………………………

4

学校の敷地を、稜子は歩いていた。
そこは遊歩道であり、道行には公園のように、樹木が点々と聳え立っていた。
そこは図書館にほど近い、敷地の端の端。
夜の空は血のように赤く、そそり立つ木の影は怪物のように黒々と聳えている。
歩を進めるごとに、一本、また一本と木々が近付き、後ろへ過ぎて行く。
悪魔の翼のように枝を広げ、大樹は近付いて、また過ぎる。
悪意ある木々が、ざわめく。

——行け
行けぇ…………

ざわざわと、林が鳴る。

黒い枝葉を鳴らし、赤い影を大地に敷き詰めながら、林は呼び声を発している。

素質あるものにしか聞こえない『異界』の呼び声が、空を、大地を、空間を、低く重い声で満たしていた。

目的地は、近かった。

目的の〝木〟が、稜子の視界に入って来た。

それは向こうに、奇怪な陰影となって立っていた。

頭がおかしくなりそうな赤い空を背に、頭がおかしくなりそうな呼び声の中、その〝木〟は一本だけ、沼のほとりに偉大な王のように聳えていた。

――幻影の〝沼〟のほとりに、大きくねじくれた、一本の巨大な梨の木。

その幹は太くねじれ、歪み、天を覆うほどに伸ばされた枝には、鬱蒼と青い葉が生い茂っていた。その奇怪な見た目の木が、梨の木であるはずが無い。それどころかこの世に存在している、いかなる果樹にも、似てはいなかった。

強いて言うならば、それはおとぎ話の大樹に似ていた。

おとぎ話の挿絵に描かれる、子供を脅す、悪意ある木だ。

それを目指して、稜子は歩く。

鬱蒼としたシルエットが、赤い空に暗く映える。

みっしりと満ちた葉の陰に、重そうな実が鈴なりに下がっていた。ごろごろと、その梨の実は互いにぶつかり、沼に吹く風に揺れていた。

――――ぎい、

梨の実が揺れ、音を立てる。

風に揺れて、それぞれが軋んだ音を立てる。

――――ぎい、ぎい、

鈴なりの実。

重い実を支える紐が、それぞれ軋る音を立てる。

枝葉の陰から、〝実〟が覗く。

大きく育った立派な果実だ。それが風で揺れるたびに、重そうな姿を葉の陰から垣間見せていた。

革靴を履いた足。

ストッキングの女性の足。

生白い手。

子供の手足。

様々な、実があった。それぞれ、風に揺れていた。

奇怪な木から首を吊って、皆が皆揺れていた。鈴なりの首吊り死体が、〝奈良梨の木〟からぶら下がっていた。

それを目指して、稜子は歩く。

早く、早く、収穫するのだ。未だ、誰も収穫には至らなかった、全ての果実を、収穫するのだ。今度こそ、できる。あの大きく熟れた実を、残らずもいで、帰るのだ。

そして、全てを食べ尽くす。

あの果皮に前歯を立て、溢(あふ)れる果汁を啜(すす)り、柔らかく瑞々しい果肉を噛み取って、全てを貪り尽くす。

元の英知を、血肉を、意思を、全て、全て、取り戻す。

そして〝私〟は、黄泉還(よみがえ)る。元の『願望(のぞみ)』を、取り戻す………

ふと、気が付いた。
どこからか、少女の声が聞こえて来た。
それは、詩だった。
凜と、透明に、その声は響き渡っていた。

——籠で小鳥を囲いましょう。
霞で編んだ、鳥の籠。
黄昏と共に霞は消える。小鳥は消える。籠の中。

着物を子供に着せましょう。
霞で編んだ、天狗の着物。
黄昏と共に霞は消える。子供は消える。空の中。

詩は空気を静かに震わせ、赤い空に広がって、空間に滲んで、消えた。
それに応えるように、稜子は静かに、足を止めた。
正面を見据え、戸惑った表情を浮かべる。

「魔王様…………」

その呟きを、一人の影が静かに迎える。

その〝奈良梨の木〟の前に、黒ずくめの少年が立っていた。

左手を腰に当て、無感動な瞳。微かに細めた目を除いては、一片の色もない表情。

「意外と遅かったな」

淡々と、空目は言った。

その姿は大地に、赤い影を強く濃く落とし、まるで死の宣告に現れた死神のように、沼のほとりに立っていた。

＊

「う……」

目を覚まし、大きく息を吸い込むと、まず感じたのは車の中の匂いだった。

武巳はうっすらと目を開け、喉の痛みに眉を顰め——そして全てを思い出して、がばっ、と一息に起き上がった。

後部座席に、武巳は寝かされていた。

見覚えのある、黒っぽい車内だった。

「ん。お目覚めだね」

声に振り向くと、助手席から亜紀が振り向いていた。武巳は呆然とする。記憶が寸断されて繋がらなかった。何故こんな所にいるのか理解できない。亜紀の隣の運転席には、サングラスをかけた芳賀が座っている。

「首は大丈夫ですか？」

そして芳賀に言われ、慌てて首に手をやった。

指でなぞると、蚯蚓（みみず）腫れのように首が腫れていた。ぐるりと首を一周して腫れている。蚯蚓腫れの皮膚と、その下の喉の中身がざらりと痛かった。

「……こほっ……え？　あ、あれ？」

咳（せ）き込み、不思議そうに、武巳は声を上げる。その声は、痛みと共に掠れていた。

直前の記憶が混乱していた。確か何かに、首を絞められて——そこまで判ったが、何があったかまでは判らなかった。

首の痛みが無ければ、夢かと思う所だ。

「君はね、小崎摩津方に魔術をかけられたんですよ」

芳賀が言った。

「……魔術？」

「そうです。幻の縄で首を絞める、一種の暗示ですね。窒息状態で道路に転がっていたところを見付けました。危ない所でしたね」

不気味なほどにこやかに芳賀は言う。現実感が無いなりに、ぞっとした。

「……危ないところ……だったんですか？」

「ええ、直後でしたから、あの〝神隠し〟のお嬢さんが何とか助けてくれました」

「う……」

「便利なものですねえ、あのお嬢さんは〝幻影〟に触れる事ができるんですね。流石は〝幻想の住人〟ですねえ。大変に面白い」

芳賀は笑う。

武巳は嫌な顔をして、そして思い出す。

「そ……そうだ！　稜子は？」

思わず叫んだ。どうしよう。どうなっているんだろう？　あのままにしていてはマズい事だけは判る。焦る武巳に、亜紀が答えた。

「今、恭の字が対処中」

「え？」

「だから、恭の字が相手してる。私らは留守番。どうなるかは不明」

あっさりとした答えだ。

ひどくもどかしい気分になったが、武巳には、どうしようもなかった。空目が乗り出してくれたのなら、もう武巳の出る幕は無い。

武巳は、窓の外を見る。

窓の外には、暗い夜が広がっている。

＊

「……魔王様……どうして？」

戸惑った声の、稜子が言った。

空目が、真顔でそれに答えた。

「何故？　それはお前が誰よりも知っている筈だ」

赤い闇。

鈴なりの首吊り死体がぶら下がる、この世ならざる梨の大樹。

黒々と聳える巨木の前で、二人は対峙していた。巨木へ向かう稜子と、その前に立ち塞がる空目が、そんな奇怪な世界で、対峙していた。

無表情に稜子を見据える空目。

対して今にも泣きそうな表情の、稜子。

稜子が訴える。

「………やめようよ………わたし、その木まで行きたいだけだよ。そうすれば、わたしは助かるの。お願いだから、そこを退いて」

そう、必死の表情で。

「わたし、判ったの。その木の果実を持ち帰れば、わたしは助かるんだよ。先輩やお姉ちゃんは、辿り着けなかったから死んじゃったの。そこまで行けば、助かるんだよ……」

そう、涙ながらに。

そして稜子が、一歩踏み出す。

それを空目は、無慈悲に制止する。

「……待て」

「魔王様……!」

「演技は止めてもらおう」

空目は断定的に言い放った。

それは明らかに、稜子に対する姿勢では無かった。それは明らかに、〝敵〟に対する誰何の声だった。

「お前は────小崎摩津方だな？」

空目がそう言った途端、稜子の表情が一変した。

口元を引き攣るように歪めて、自然体で豊かな稜子の表情では無い、もっと遥かに老獪な表情をその顔に浮かべた。

そして左目だけを、ひどく顰める。

殆ど反り返るような、まるで昔の軍人のような威圧的な立ち方をして、ひどく低い声で、空目に向けて言う。

「……つまり、貴様は穏便な終わり方を望まんという事だな？」

それは稜子の体ではあったが、写真で見た、小崎摩津方の立ち姿そのものだった。

空目の気配にも似たところのある、ひどく強い精気を発していて、一目見ただけで印象に残る、瘴気じみた存在感をした人間だった。

——〝魔道士〟小崎摩津方

その圧倒的な気配に、周囲の空気が変質するような錯覚を覚える。

詠子といい摩津方といい、魔術を扱う人間は異常なほどに強い雰囲気を持っていた。それは空目にも共通している、精神によって世界を変質させるという、見えない異能の力だ。

彼、あるいは彼女がそこに居て、一言口を開いただけで、その場所の雰囲気が変わる。

そんな特異な雰囲気を、さらに圧縮したような、摩津方の気配。

空目は、平然とそれに対峙する。

対峙した相手が木石であるかのように、無表情に見返す。

「お前にとって穏便である事が、他者にとって穏便だとは限らんな」

そして、空目は言った。

「日下部を返してもらおうか。拒否するなら、こちらこそ穏便に事を済ます気がないと判断させてもらう」

そう言って、静かに摩津方を眺めやった。

かは、と摩津方は笑う。そして言う。

「貴様は交渉における基礎を知るべきだな。交渉というのは、相手よりも強い力を持った時にのみ、初めて成り立つものなのだ。君は確かに異能の人間だろう。その〝魔王〟なる呼名も、決して間違いとは思わんよ。だが、君が魔術の修練も積んでいなければ、魔術の位階を持っている訳でも無い事は一目見れば判る。その上で、この〝私〟と戦う気かね？ 自らを秘密の海に浸し、生命を引き換えに、自らを知恵と生命の実と変えたこの私と。短剣も魔法円もここには無いが、〝私〟の力が決して衰える訳では無いぞ？」

右手を差し出し、摩津方は『剣印』を作った。頭上に差し上げ、ぴたりと動作を止めた。抜き身を構えた剣士のようだ。すう、と呼吸が静かになる。たったそれだけで、摩津方の持つ気配が濃密に圧縮される。

「つまり、互いに穏便に済ます気が無いという事か」

空目が鼻を鳴らした。

摩津方も応え、

「そういう事になるかね」

と笑みを深くする。

「残念だが、〝私〟はこの娘を手放す気は無いぞ。この娘の素養は素晴らしい。愚かな息子の失態で一時はどうなる事かと思ったが、歩由実の代わりに素晴らしい〝容れ物〟を見つけてくれた。この娘の持つ心の歪みは、他者との心の境界が非常に曖昧な事だ。実に、実に、得難い素養だ。だからこそ〝私〟のような心性とも一部とは云え共感し、そこから容易く取り込む事ができる。図書館の怪談を鍵に、『奈良梨取考』からこの〝私〟を刷り込んだ。後は魂であり叡智であり力の源であるその〝実〟を収穫すれば、私は完全に蘇るのだ。

さあ――――そこを退け。我々の扱う〝魔術〟とは、運命に手を加える力だ。素養が有りながら修練の無い、貴様のような人種は、最も魔術の影響を受け易いであろうな。諦めよ。貴様では〝私〟の『願望』に立ち塞がる事は不可能だ！」

摩津方は『剣印』を空目に向ける。空目は意にも介さず、ただ、一つ質問を投げた。

「……一つ聞きたい。歩由実先輩は、やはりお前の〝容れ物〟として、この世に生まれて来たのか？」

その問いを聞くと、摩津方は笑みを消し、答えた。

「その通りだ。だから〝私〟が、歩由実と名づけた。我が歩みに由来する実だ」

そして語った。

「洗濯紐を結んだ庭の木から落ち、最初の孫が死んだ時、紐から下がった五歳の孫は、まるで果実のように見えた。その時に、この儀式の全ては始まったのだ。ほれ、今でも、孫はそこにぶら下がっている。〝私〟の記憶に、刻まれている」

そう言って、摩津方は〝奈良梨の木〟を指差した。そこには幼児が、首に紐をかけて、ぶら下がっていた。

生白い顔をした、表情のない子供の死体。

風が吹き、その小さな体が、ぎい、と揺れる。

摩津方によって積み上げられた屍の記憶が、鈴なりになって、木に揺れる。

答えながら摩津方は、ひどく詰まらなそうな表情をする。

「不可解な事を聞くな、貴様は」

摩津方は言った。

「正義感かね？」

「いや、先輩の名前を見て、その可能性を考えた。単なる好奇心だ」

その摩津方の問いに、空目は淡々と答えた。

「気が済んだかね？」

「俺はそうだ。だが、その〝体〟の持ち主は、悲しむぞ？」

空目は稜子の顔をした、摩津方を指差す。

摩津方はそれを聞き、せせら嗤う。

「……感傷かね？」

「単なる事実だ」

空目は答えた。そして、摩津方を指差した手を、静かに下ろす。

「俺は、ここを退く気はない。その体も、返して貰う」

宣言した。

摩津方は例の左右が違う、奇怪な表情を強くした。

「ならば、この〝体〟を傷付ける気も無いという事だな？」

言う。

それが、決裂の合図だった。摩津方の呼吸が、魔術特有の呼吸法に切り換わる。胸の中を清浄化し、肉体と精神を純化する。魔術の態勢が整う。そして『剣印』を掲げた摩津方の口から流れるような呪文が紡ぎ出され、空気と世界を振るわせた。

「オムニポテンス・アエテルネ・デウス・クゥイ・トータム・クレアトゥラム・コンディディスティ・イン・ラウデム・エト・ホノレム・トゥーム・アク・ミニステリウム・ホミニス・オロ・ウト・スピリトゥム――――」

大気を直接振動させるように、摩津方の口から呪文が流れる。

それと同時に、振動によって空気が分解されるように、周囲の雰囲気が変質し始めた。湿った『異界』の空気が一掃され、全く違う存在の気配が空間から滲み始める。それは奇妙なほど清浄で、また凄烈な攻撃性を持った、何者かの『意識』の気配だった。

同時に、微かに金属的な異臭が、空気に混じる。

それは最初は微かなものだったが、そのうち徐々に、濃度を増す。

「〈召喚〉？　『天使』か、あるいは『精霊』か……」

空目が平静に呟いた。摩津方の呪文は高らかに響き渡り、それに応じて不可視の気配は密度を増し、錯覚だろうか、周囲の温度が急激に下がり始め、纏わり付くような冷気が摩津方の周りに凝集して行った。

靄か、霧のようなものが微かに地面から湧き上がり、異常ともいえる存在感が、その辺りに立ち込めて行く。地面から上がる水蒸気のように、周囲に靄がわだかまる。

そこには靄以外には、何も見えなかった。

だが、確かに何かが居た。

圧倒的な気配が集積し、皮膚が粟立つほどの〝敵意〟が、そこに結集していった。

その〝敵意〟が満ちるに従って、金属的な異臭が鼻を突くほどに強くなった。

禍々しいまでの〝敵意〟だった。

触れるだけで狂死しそうな気配が、立ち込める靄の中で形を成していった。

人間では及びもつかない存在。

あるべきでは無い世界から喚起された、あるべきでない魔物。

摩津方が、『剣印』を空目に向ける。

その瞬間、空目が言う。

「……村神、やれ」

言葉と同時に、俊也は動いた。

引き絞られた弓のように待ち構えていた俊也は、刹那のうちに摩津方へと飛びかかり、その身体を背後から羽交い絞めにした。

「ぬ……！」

驚愕の声を上げ、摩津方の呪文が途切れた。途端に気配と冷気、靄と異臭が形を失って拡散する。

そう言う間にも、俊也は右腕を後ろ手に固め、地面に引き倒して押し付けた。

右手で摩津方の腕を固定し、左手を摩津方の頸動脈に当てる。これでおそらく摩津方は動けなくなる。そんな俊也の隣には、あやめが佇んでいた。今までずっと、あやめは詩を詠っていたのだ。

摩津方の背後で、ずっと。

その横に、俊也は居た。

「……〝神隠し〟の隠形か……！」

摩津方は呻く。

そして無駄な抵抗をして体を捻り、顔を顰める。

普通のやり方では身動きはできない筈だが、体は稜子なので厄介だった。水方の例があるので、骨折を顧みない動きをされると、稜子の体を傷付ける事になる。俊也は集中して慎重に摩津方を組み伏せる。後はこのまま、憑依した〝魔道士〟を引き剝がすだけだ。

稜子を取り戻して、〝小崎摩津方〟には消えて貰う。

その準備も、できているという。

「肺か横隔膜を押さえておけ」

空目が指示した。

「魔術には呼吸を使う。安定した呼吸をさせるな」

「……」

その指示を受けて、俊也は無言で体重をかける。

ぐう、と摩津方が、俊也の身体の下で息を吐いた。そうしておいて、空目は静かに摩津方に近寄る。

「こういう訳だ。確かにお前の言う通り、俺一人では相手にならんさ」

空目は言った。

「だから、騙し討ちにさせて貰った。魔術師の作法に、魔術師でもない俺が従ってやる義理は無い」

そう言って摩津方を見下ろし、その隣にあやめが立った。

心配そうな、悲しそうな表情で、あやめは摩津方を見ていた。空目は対照的に、どこまでも冷徹な目をしていた。

「……なるほど……確かにその通りか」

苦しそうな表情で、摩津方は呻いた。

だが摩津方から放たれる、あの恐るべき気配は少しも揺るがない。

それが俊也を、焦らせる。こうして押さえている事が無意味なのではないかと、妙な錯覚に捕らわれる。

「一つ聞こう。人界の〝魔王〟よ」

摩津方は、苦しげに声を出した。

「……何だ？」

「貴様は、何を望んでいるのだ？」

そう言った摩津方の声は、この状態でも微かな笑みを含んでいた。

「人が人を超えるには、大きな『願望（のぞみ）』が必要だ。例えば〝私〟の望みは、この世界と人間の行く末を永遠の先まで見届ける事だ。その永遠の探求を望んだ時、気付いた時には〝私〟の心は人間から遙かに逸脱していた。そう、今の貴様のように」

「………」

「判るぞ。貴様の望みは、我々と同じように遙かな彼岸にある。少なくとも、貴様の望みは物質的なものでは無い。貴様の望みや理想は、この物質界では無く精神界に属するものだ。この娘では支える事すら、できはすまい」

言う摩津方に、空目は眉を寄せる。

「………何が言いたい」

「判らんかね？　そんな筈はあるまい」

摩津方は言った。

「貴様は〝私〟が何を言いたいか、判っている筈だ。だが、はっきりと聞きたいなら、言ってやろう」

摩津方の口調が、熱を帯びる。

「貴様の望みに、魔道士たる〝私〟ならば協力できると言っているのだ。この娘を寄越せ、人界の〝魔王〟よ。さすれば、貴様の願いの為に〝私〟は協力を惜しまないだろう。貴様の願いが彼岸にあるなら、それは〝私〟の領分だ。この世界では失われた君の半身も、この娘などでは無く〝私〟の領域の存在なのだぞ―――！」

「………」

沈黙した空目に、俊也は血の気が引いた。摩津方は稜子と引き換えに、空目に協力すると言っているのだ。目的は知らないが、空目は〝向こう〟の世界との接点を求め続けている。あらゆる危険を顧みず〝あやめ〟を傍らに置いている空目が、いまさら他の何かを犠牲にする事を躊躇う理由は無い。

空目の事を信じていない訳では無い。

だが、そんな理解を超えた部分が、確かに空目にはある。

沈黙する空目に、俊也は何も言えなかった。しかしその心の内で、密かに、とある決意を固めていた。

沈黙が、張り詰めた。

やがて空目が、口を開く。

「……お前では、駄目だ」

空目は、はっきりとそう言った。

「ふむ？」

「俺の望みは、お前の思うほど高次元のものではない。よって、お前では話にならない」

「…………そうかね」

摩津方は大きく、息を吐く。

「連れて行くぞ」

空目は言う。応えて、俊也は腕を捻り上げ、立たせようとする。

摩津方は顔を顰め——————何事かを呟いた。

「……村神！」

俊也はその指示と、それから経験に従って、一切耳を貸さずに摩津方を押さえ、そのまま頸動脈を押さえて絞め落とした。

終章　首吊りの木が枯れた日

あっという間に日は過ぎ、夏休みが終わった。

水方は知らぬ間に引っ越した事になっており、図書館の司書は新しい人が入り、歩由実の家は空家になっていた。

三百冊あったという『奈良梨取考』は、杳として行方が知れなかった。

そして学校にあった一本の木が伐られ、そこに新しい東屋が建っていた。

空目が稜子と対峙したという〝奈良梨の木〟は、何の変哲も無い松の木だった。それは実は大迫摩津方が自殺した木であり、霞織が自殺した木であり、そして誰も知らないうちに伐られて、小さな東屋に姿を変えていた。

たとえ十年前の首吊り事件を憶えている人が居ても、もう誰も木の場所を言い当てる事まではできないだろう。

もう、何の痕跡も残っていない。

二学期は何の変哲もなく始まり、稜子も何の変哲もなく、学校生活を始めた。

相変わらず稜子は明るかった。皆との関係も相変わらずだ。

だが、一つだけ変わっている事があった。

稜子には、〝機関〟によって〝処置〟が行われていた。

＊

「――簡単に言うと、稜子さんに催眠をかけて記憶の改竄を行います。実際はもっと高度なものですがね。その上で〝我々〟のエージェントに行われているものと同じ心理学的処置を施して〝異障親和性〟を封じます。なに、大して心身に害はありませんよ。幽霊など見えなくなってしまいますがね」


芳賀の説明は、大体こんなものだった。

宿している稜子自身からは〝感染〟が行われないタイプのため、そのまま稜子の中にある小崎摩津方に蓋をしてしまうような処置だという事だった。

記憶は封じる事はできても、本質的には消す事ができないという。

そのため〝二次感染〟があるタイプの〝異存在〟を宿した被害者は、速やかに〝処理〟される事になる。

財団法人内陣会病院。あそこで稜子の処置は行われた。

あの夜、俊也によって絞め落とされた稜子は、そのまま芳賀の車に乗せられて、内陣会病院まで運ばれた。

そして稜子は帰って来た。

だが――――

「事件中にあった事が、殆ど記憶から消えています。くれぐれも消した記憶の内容に抵触する事を言わないように。本人が混乱して、場合によっては記憶が戻ります。そうなれば本人にとって、少々残酷な事になると思われます」

芳賀はそう、警告した。

皆、戸惑ったが、特に武巳の戸惑いは大きかった。

稜子の記憶は、羽間市に戻って来てからの数日間をそっくり消されるらしい。そうなると、どうしても気になる事が起こる。

「ちょっと待って……じゃあ歩由実先輩の事とか、先輩に対する気持ちとかは……」

武巳は訊ねたが、芳賀の答えは案の定だった。

「完全に消えています。多分、存在すら思い出せませんよ」

「じゃあ………稜子が『奈良梨取考』を読んだ後の事なんかは」

「消しています。全て」

芳賀の答え。

という事は、稜子はあの事を忘れてしまっている事になる。

あの時。

武巳が好きだと言って泣きじゃくった事を、忘れてしまっている事になる。

＊

「おはよー、武巳クン」

「お……おう」

「ん？　どしたの？」

「いや、別に？」

あからさまに不自然と判っていながら、武巳は稜子から目を逸らした。どうしても新学期早々に稜子と顔を合わせて、武巳はどんな顔をすればいいのか判らない。会話や、表情が不自然になる。

武巳は思う。

あれは、本気だったんだろうか？

今ここにいる稜子は、おれの事が好きなんだろうか？

知らなくていい事を知ってしまった気分で、武巳の頭の中には、ぐるぐると気まずい疑問が渦巻いていた。武巳にとって新学期は、今までの生活とは明らかに違う、異質なものになってしまっていた。

にもかかわらず皆は、何も変わった様子は見せない。

空目や俊也や亜紀は相変わらずだ。あやめも相変わらず気が付けば居る。

稜子も見る限りでは、何の変化も無い。明らかに歪な記憶を抱えて、それを代償に、稜子は元気になっていた。

今まで通りの稜子の対応が、かえって武巳には息苦しかった。

複雑な思いを抱えながら、武巳は稜子を見ていた。

一見すると、何も変わらない日常が始まった。
何も変わらない、日常だ。

……いや、そうではない。
あと一つだけ変わった事があった。

〝魔女〟が、学校から姿を消した。

＊

――――ぎい、

松の古木で、老人が首を吊っていた。
夜の学校で、その老人は首を吊っていた。
老人の名を、小崎摩津方といった。
その老人の首吊り死体の前に、二人の人影が立っている。
一人は少女。

一人は夜色（ヨルイロ）の外套（マント）を羽織った男。

松の古木は悪魔のごとく夜の空に広がっている。その集まりは密やかな〝魔女夜会（サバト）〟のように、闇の中に浮かんでいた。

「――やってくれたな、〝魔女〟め」

老人は言った。

「よもや、こんな小娘の仕業とは思わなんだ。貴様が歩由実の魂を喰ろうて、〝沼〟へと持ち去ったのだな……」

しわがれた老人の声が、夜に響く。

―だが、その声には、何の感情も含まれてはいなかった。ただ事実を、老人は語っていた。

恨みも怒りも、そこには無い。ただ、事実だけがそこにある。

詠子はにっこりと笑って、摩津方に答えた。

「学校は私の領域。その〝主〟が主としての仕事をして、何か悪い事があるの？」

揶揄する訳でも無い、ただ事実として、詠子はそう語っていた。首が折れ、あらぬ方向から見下ろす摩津方を、詠子は無邪気に微笑んで見上げる。摩津方の気配が笑みを含んで、摩津方と共に揺れる。

「………面白い。私を破った、貴様の『願望(のぞみ)』とは何だ?」

摩津方は言った。

「〝私〟の孫を喰らい、人界の〝魔王〟なんぞを利用して〝私〟の邪魔をした、その目的は何だ? 何のために〝私〟の邪魔をし、魔道士たる〝私〟を破った? 貴様は一体何だ? 言うてみよ、〝魔女〟め……!」

その摩津方の言葉に、詠子は微笑んで答えた。

「だって、あなたは〝縊(くく)りの一族〟なんだもの」

「……何だと?」

「私の願いのためには、あなたが〝学校〟に居るのは邪魔なんだもの。あなたが〝ここ〟から消えるなら、蘇るのは構わなかった。でも――あの子は駄目。あの子は、私のお気に入りなんだもの。あなたに渡す気は無いよ。だから私は邪魔をしたの。舞台も役者も揃(そろ)って、そろそろ始めようって時に、折角の役者を他の『物語』なんかに取られたくないでしょう?」

詠子の答えに、摩津方は思案げに黙った。

そして、静かに、問いかける。

「……では、もう一度問い直そう。お前の『願望』は何だ?」

詠子は小首を傾げる。

そして、答える。

「世界を変えるための、魔法」

その答えを聞いた途端、摩津方は笑い出した。

「はは……成る程……！ ならば私はいかなる手段をもってでも蘇り、この呪われた〝魔女〟を滅ぼさねばならぬようだな！ 確かに私は〝縊りの一族〟。このように忘れられた使命を、よもや憶えておる者が居るなどとは思わなんだ。貴様こそは本物の〝魔女〟だ。社会も、信仰も、世界の成り立ちも、全てが、貴様の手によって破壊されよう。この羽間から、世界は変質して行くだろう。確かに貴様には、その力も手段も、そして何よりも『願望』がある。この羽間には、確かにそれだけの〝扉〟がある……」

そこまで言って、摩津方は不意に笑い声を収める。

「では貴様は――――どんな世界を望んでいるのだ？」

詠子は笑みを浮かべ、答えなかった。

それに摩津方は何も言わなかった。そのまま、気配が神野に向いた。

「貴方は、この〝魔女〟をどうする気ですかな？」

摩津方の問いに、神野の答えは簡潔だった。

「どうもしはしない。ただ『私』は、その望みの行く末を見るに過ぎない。それが〝名づけられし暗黒〟にして〝全ての善と悪の肯定者〟、そして〝夜闇の魔王〟たる『私』の存在なのだからね……」

そう言うと神野は、くつくつと暗鬱に嗤う。

心の底から楽しそうな、暗鬱極まる笑いだった。

摩津方は、詠子に問うた。

「もう、始まっているのだな?」

「うん、もう、始めるよ」

詠子は答える。

「そうか」

それを最後に、静かな〝魔女夜会〟は終わった。

神野が闇へと溶け、魔女が立ち去った。そして首吊り死体も陽炎(かげろう)のように消え——松の古木も、また消え失せた。

後には真新しい切り株が、残っていただけだった。

…………

そこに東屋が建つ、一日前の事だ。

それきり〝魔女〟は、学校から姿を消した。

<初出>

本書は2002年３月、電撃文庫より刊行された『Missing 4　首くくりの物語・完結編』を加筆・修正したものです。

この物語はフィクションです。実在の人物・団体等とは一切関係ありません。

【読者アンケート実施中】

アンケートプレゼント対象商品をご購入いただきご応募いただいた方から抽選で毎月3名様に「図書カードネットギフト1,000円分」をプレゼント!!

https://kdq.jp/mwb

パスワード

3kax6

■二次元コードまたはURLよりアクセスし、本書専用のパスワードを入力してご回答ください。

※当選者の発表は賞品の発送をもって代えさせていただきます。　※アンケートプレゼントにご応募いただける期間は、対象商品の初版(第1刷)発行日より1年間です。　※アンケートプレゼントは、都合により予告なく中止または内容が変更されることがあります。　※一部対応していない機種があります。

メディアワークス文庫

Missing4 首くくりの物語〈下〉

甲田学人

2020年11月25日　初版発行
2024年12月10日　再版発行

発行者　山下直久
発行　株式会社KADOKAWA
〒102-8177　東京都千代田区富士見2-13-3
0570-002-301（ナビダイヤル）
装丁者　渡辺宏一（有限会社ニイナナニイゴオ）
印刷　株式会社KADOKAWA
製本　株式会社KADOKAWA

※本書の無断複製（コピー、スキャン、デジタル化等）並びに無断複製物の譲渡および配信は、著作権法上での例外を除き禁じられています。また、本書を代行業者等の第三者に依頼して複製する行為は、たとえ個人や家庭内での利用であっても一切認められておりません。

●お問い合わせ
https://www.kadokawa.co.jp/（「お問い合わせ」へお進みください）
※内容によっては、お答えできない場合があります。
※サポートは日本国内のみとさせていただきます。
※Japanese text only

※定価はカバーに表示してあります。

© Gakuto Coda 2020
Printed in Japan
ISBN978-4-04-913461-2 C0193

メディアワークス文庫　https://mwbunko.com/

本書に対するご意見、ご感想をお寄せください。

あて先
〒102-8177　東京都千代田区富士見2-13-3
メディアワークス文庫編集部
「甲田学人先生」係

メディアワークス文庫

「君の『願望(のぞみ)』は――何だね？　そして、君の『絶望』は――」
満開の夜桜の下、思わず見とれるほど妖しく綺麗に佇んでいたのは
密かに憧れていた従姉だった。彼女はその晩、桜の木で首を吊る。
――彼女は、あの桜の中にいる。……彼女に会いたい。
そう信じ、願う男は、遂に人の願望を叶える
夜色(ヨルイロ)の外套(マント)を身に纏う昏闇の使者と遭遇する。
曰く、暗闇より現れ、人の望みを叶えるという生きた都市伝説。
夜より生まれ、この都市に棲むという、永劫の刻を生きる魔人。
そして、恐怖はココロの隙間へと入り込む――。

甲田学人

「この桜、見えるの？
……幽霊なのに」

鬼才・甲田学人が紡ぐ
渾身の怪奇短編連作集――。

発行●株式会社KADOKAWA

メディアワークス文庫

時槻風乃と黒い童話の夜 第3集

甲田学人

──少女達にとって生きることは『痛み』だ。

そして「シンデレラ」「ヘンゼルとグレーテル」「白雪姫」「ラプンツェル」「いばら姫」など、現代社会を舞台に童話をなぞらえた怪異が紡がれる──。
鬼才・甲田学人が描く恐怖の童話ファンタジー、開幕。

時槻風乃と黒い童話の夜 第3集

時槻風乃と黒い童話の夜 第2集

時槻風乃と黒い童話の夜

発行●株式会社KADOKAWA

メディアワークス文庫

甲田学人
——このマンションは、何かがおかしい。
鬼才・甲田学人が贈る怪奇都市ファンタジー。
ノロワレ
怪奇作家真木夢人と幽霊マンション
『もし深夜に子供がドアをノックしても、絶対に開けないで下さい』
ホラー小説レーベルの編集者・西丘結は、子供の喘息を憂い地方への引っ越しを決めた。だが、そのマンションでは奇妙な出来事が多く起こる。川に浮かぶ幾つもの紅い流し雛、不自然に多い空き部屋、「よそ者は出て行け」と怒りを露わにする老人、そして掲示板に貼られた謎の掲示——。
結は「新居がいわくつきだったら教えて下さい」と告げた若きベストセラー作家・真木夢人に相談を持ちかけるのだが、事態は一向に変わらず。そして、ついに住人の子供が奇怪な死に巻き込まれ——。

発行●株式会社KADOKAWA

【映】アムリタ
新装版
野崎まど

『バビロン』『HELLO WORLD』の
鬼才・野崎まどデビュー作再臨！

芸大の映画サークルに所属する二見遭一は、天才とうわさ名高い新入生・最原最早がメガホンを取る自主制作映画に参加する。

だが「それ」は“ただの映画”では、なかった――。

TVアニメ『正解するカド』、『バビロン』、劇場アニメ『HELLO WORLD』で脚本を手掛ける鬼才・野崎まどの作家デビュー作にして、電撃小説大賞にて《メディアワークス文庫賞》を初受賞した伝説の作品が新装版で登場！

貴方の読書体験の、新たな「まど」が開かれる１冊！

メディアワークス文庫

15歳のテロリスト

松村涼哉

「物凄い小説」──佐野徹夜も
絶賛！　衝撃の慟哭ミステリー。

「すべて、吹き飛んでしまえ」

　突然の犯行予告のあとに起きた新宿駅爆破事件。容疑者は渡辺篤人。たった15歳の少年の犯行は、世間を震撼させた。

　少年犯罪を追う記者・安藤は、渡辺篤人を知っていた。かつて、少年犯罪被害者の会で出会った、孤独な少年。何が、彼を凶行に駆り立てたのか──？　進展しない捜査を傍目に、安藤は、行方を晦ませた少年の足取りを追う。

　事件の裏に隠された驚愕の事実に安藤が辿り着いたとき、15歳のテロリストの最後の闘いが始まろうとしていた──。

メディアワークス文庫

僕が僕をやめる日

松村涼哉

『15歳のテロリスト』著者が贈る、
衝撃の慟哭ミステリ第2弾！

「死ぬくらいなら、僕にならない？」――生きることに絶望した立井潤貴は、自殺寸前で彼に救われ、それ以来〈高木健介〉として生きるように。それは誰も知らない、二人だけの秘密だった。2年後、ある殺人事件が起きるまでは……。

高木として殺人容疑をかけられ窮地に追い込まれた立井は、失踪した高木の行方と真相を追う。自分に名前をくれた人は、殺人鬼かもしれない――。葛藤のなか立井はやがて、封印された悲劇、少年時代の壮絶な過去、そして現在の高木の驚愕の計画に辿り着く。

かつてない衝撃と感動が迫りくる――緊急大重版中『15歳のテロリスト』に続く、衝撃の慟哭ミステリー最新作！

メディアワークス文庫

消えてください

葦舟ナツ

孤独な少年と、幽霊の少女——
二人は恋に落ちるごと、別れに一歩近づく。

『私を消してくれませんか』
　ある雨の日、僕は橋の上で幽霊に出会った。サキと名乗る美しい彼女は、自分の名前以外何も覚えていないらしい。
・一日一時間。
・『またね』は言わない。
　二つのルールを決めた僕らは、サキを消すために日々を共に過ごしていく。父しかいない静かな家、くだらない学校、大人びていく幼馴染。全てが息苦しかった高一の夏、幽霊の隣だけが僕の居場所になっていって……。
　ねえ、サキ。僕は君に恋するごとに“さよなら”の意味を知ったよ。

メディアワークス文庫

私が大好きな小説家を殺すまで

斜線堂有紀

十数万字の完全犯罪。
その全てが愛だった。

突如失踪した人気小説家・遥川悠真（はるかわゆうま）。その背景には、彼が今まで誰にも明かさなかった少女の存在があった。
遥川悠真の小説を愛する少女・幕居梓（まくいあずさ）は、偶然彼に命を救われたことから奇妙な共生関係を結ぶことになる。しかし、遥川が小説を書けなくなったことで事態は一変する。梓は遥川を救う為に彼のゴーストライターになることを決意するが——。才能を失った天才小説家と彼を救いたかった少女、そして迎える衝撃のラスト！　なぜ梓は最愛の小説家を殺さなければならなかったのか？

メディアワークス文庫

恋に至る病

斜線堂有紀

僕の恋人は、自ら手を下さず150人以上を自殺へ導いた殺人犯でした――。

やがて150人以上の被害者を出し、日本中を震撼させる自殺教唆ゲーム『青い蝶』。

その主催者は誰からも好かれる女子高生・寄河景だった。

善良だったはずの彼女がいかにして化物へと姿を変えたのか――幼なじみの少年・宮嶺は、運命を狂わせた"最初の殺人"を回想し始める。

「世界が君を赦さなくても、僕だけは君の味方だから」

変わりゆく彼女に気づきながら、愛することをやめられなかった彼が辿り着く地獄とは？

斜線堂有紀が、暴走する愛と連鎖する悲劇を描く衝撃作！

メディアワークス文庫

霊能探偵・初ノ宮行幸の事件簿1〜3

山口幸三郎

霊能探偵・初ノ宮行幸の事件簿3

山口幸三郎

メディアワークス文庫

——生者と死者。彼の目はその繋がりを断つためにある。

世をときめくスーパーアイドル・初ノ宮行幸には「霊能力者」という別の顔がある。幽霊に対して嫌悪感を抱く彼はこの世から全ての幽霊を祓う事を目的に、芸能活動の一方、心霊現象に悩む人の相談を受けていた。
ある日、弱小芸能事務所に勤める美雨はレコーディングスタジオで彼と出会う。すると突然「幽霊を惹き付ける"渡し屋"体質だから、僕のそばに居ろ」と言われてしまい——？
幽霊が嫌いな霊能力者行幸と、幽霊を惹き付けてしまう美雨による新感覚ミステリ！

メディアワークス文庫

第26回電撃小説大賞《メディアワークス文庫賞》受賞作

今夜、世界からこの恋が消えても

一条岬

一日ごとに記憶を失う君と、
二度と戻れない恋をした——。

僕の人生は無色透明だった。日野真織と出会うまでは——。

クラスメイトに流されるまま、彼女に仕掛けた嘘の告白。しかし彼女は“お互い、本気で好きにならないこと”を条件にその告白を受け入れるという。

そうして始まった偽りの恋。やがてそれが偽りとは言えなくなったころ——僕は知る。

「病気なんだ私。前向性健忘って言って、夜眠ると忘れちゃうの。一日にあったこと、全部」

日ごと記憶を失う彼女と、一日限りの恋を積み重ねていく日々。しかしそれは突然終わりを告げ……。

メディアワークス文庫

第26回電撃小説大賞《選考委員奨励賞》受賞作

そして、遺骸（ゆいがい）が嘶（いなな）く ―死者たちの手紙―

酒場御行

戦死兵の記憶を届ける彼を、人は“死神”と忌み嫌った。

『今日は何人撃ち殺した、キャスケット』

統合歴六四二年、クゼの丘。一万五千人以上を犠牲に、ペリドット国は森鉄戦争に勝利した。そして終戦から二年、狙撃兵・キャスケットは陸軍遺品返還部の一人として、兵士たちの最期の言伝を届ける任務を担っていた。遺族等に出会う度、キャスケットは静かに思い返す――死んでいった友を、仲間を、家族を。

戦死した兵士たちの“最期の慟哭”を届ける任務の果て、キャスケットは自身の過去に隠された真実を知る。

第26回電撃小説大賞で選考会に波紋を広げ、《選考委員奨励賞》を受賞した話題の衝撃作！

メディアワークス文庫

メディアワークス文庫は、電撃大賞から生まれる！

おもしろいこと、あなたから。

電撃大賞

作品募集中！

自由奔放で刺激的。そんな作品を募集しています。

受賞作品は

「電撃文庫」「メディアワークス文庫」「電撃コミック各誌」等からデビュー！

電撃小説大賞・電撃イラスト大賞・電撃コミック大賞

賞（共通）

大賞……………正賞＋副賞300万円

金賞……………正賞＋副賞100万円

銀賞……………正賞＋副賞50万円

（小説賞のみ）

メディアワークス文庫賞

正賞＋副賞100万円

編集部から選評をお送りします！

小説部門、イラスト部門、コミック部門とも1次選考以上を

通過した人全員に選評をお送りします！

各部門（小説、イラスト、コミック）

郵送でもWEBでも受付中！

最新情報や詳細は電撃大賞公式ホームページをご覧ください。

http://dengekitaisho.jp/

主催：株式会社KADOKAWA